シルヴィア・アルガベイン
（思えばシルヴィアが
不機嫌になる時は
女性に関係する事だった）
（シャルロットに絡まれてる時や闘技大会の時、
どれも全部女性に言い寄られていた……！
つまり、シルヴィアは嫉妬していた……？
え、なにそれ可愛いんだけど！）
レオルド・ハーヴェスト
JN106027

レオルドはうやうやしく
シルヴィアの前に片膝をつき、
彼女の手を取ったまま
真剣な目を向けた。

『シルヴィア。
君が好きだ。
どうしようもないくらい君を愛している。
どうか、俺と結婚をしてくれないか？』

「レオルドの腕枕って思った以上に心地よかったわ。
貴女も今度してもらいなさいよ」
「ええっ⁉
そ、それはまだ早いというか、その、あの……」
『まあ、貴女はもっとすごいことを
してもらうものね。
心の準備をしておきなさいよ～』
『もっとすごいこと……！』

エロゲ転生
運命に抗う金豚貴族の奮闘記 6

Reincarnation to the World of
"ERO-GE"

6

The Story about Lazy Aristocrat
Who Struggle for Resist His Destiny

CONTENTS

プロローグ

国王（アルベリオン）が臣下を集め、会議を始めている頃、モニカ達（たち）からレオルドの生存報告を聞いたシルヴィアは帝国へ乗り込もうと躍起になっていた。

「レオルド様が危篤状態なのに待っているだけなんて出来ませんわ！　今すぐに帝国へ向かいます！　馬車の準備をしなさい！　それからゼアトへ赴き、シャルロット様をお呼びするのです！　帝国にレオルド様を任せておけませんわ！」

　モニカ達はレオルドが炎帝グレンによって重傷となっていることをシルヴィアに報告していた。

　その報告を聞いたシルヴィアは心配のあまり曲解してしまい、レオルドが何故（なぜ）か危篤状態になっていると勘違いしたのである。

「シルヴィア様。落ち着いてください！　レオルド様は重傷を負いましたが命に別状はありません。それに帝国の最新の治療を受けている頃ですから、何も心配はいりません」

「レオルド様が無事だという保証がどこにあるというの！　勝利しましたがレオルド様は帝国からすれば敵国の人間。なら、治療するなどと嘘（うそ）をついて殺すかもしれませんわ！」

「いえ、そのような事は起こりません。なによりもセツナがレオルド様の側（そば）にいますので、害そうとは誰も考えませんよ！」

　激昂していたシルヴィアがモニカの言葉でピタリと止まる。

「今、何と言いましたの？　セツナ？　それは帝国守護神である永遠のセツナかしら？」

　首を傾げ、光の映っていない虚ろな目をモニカに向けるシルヴィア。

「え、ええ。はい。そのセツナで間違いありません」

　モニカと一緒にいたミナミとマリンはシルヴィアからただならぬ気配を感じて僅かに後ろへと下がる。出来る事ならば逃げ出したい所だが、一度口にしてしまった以上は逃げられない。

「へえ～……ふ～ん……。仲がいいのかしら？」

「え？　えっと……傍から見ると恋人というよりは相棒といった感じに見えます……」

「そう……そうなの……」

　明らかに怒っている。先程はどうにか落ち着かせないといけないと思っていた三人だが、今はただこの重苦しい空間から逃げ出したい気持ちで一杯だった。

「あの……シルヴィア様？」

「モニカ、マリン、ミナミ」

「「「は、はい！！！」」」

「今すぐに帝国へと向かいますわよ。すぐに準備をなさい」

第一話　凱旋

遠い地で療養の為にのんびりと過ごしているレオルドは近い内に自分へと降りかかる脅威が生まれていることを知らずに呑気にしていた。下手をすれば死ぬかもしれない。少なくとも胃に穴が空くことは確かであるが、レオルドがそれを知るのは先の話だ。

「ううっ……！」

会話をしている最中に突然レオルドが身震いをしたのでセツナが首を傾げて、不思議そうな顔をして尋ねる。

「どうしたの？」

「いや、なんでもない」

「そう？　寒いなら温かい飲み物でも入れるけど」

「寒いとかじゃないんだ。こう、なんと言えばいいのか分からんが猛烈に嫌な予感がしてな」

ますます訳がわからないとセツナの頭の上にはクエスチョンマークが増えていく。

一体何を言っているのだろうかと首を傾げたままのセツナにレオルドは話しかける。

「ところでお前はいつまでここにいるつもりだ？」

けようとしたが、

「いたらダメ？」

「ダメではないが、お前にも仕事はあるだろ？」

「特にない」

そう言うので横のベッドで眼鏡を掛けて読書をしているグレンの方にレオルドは顔を向ける。

グレンはレオルドの視線に気が付くと眼鏡を外して本をパタンと閉じた。

「セツナに仕事がないのは本当だ。我々、帝国守護神は陛下の護衛、軍では対処できない凶悪な魔物の駆除以外は基本自由だ」

「強者の特権というわけか」

「そういう事だ。だが、セツナよ。今、帝国守護神はお前しか動ける者がいない。陛下の護衛はどうした？」

「特に脅威もないから兵士に任せてる」

「はあ～……。確かに戦争も終わり、反乱分子も排除した今、陛下に危害を加えようとする者はいないかもしれんが用心するに越したことは無い」

「でも、陛下から許可は貰った」

そう言われるとグレンは何も言えなくなる。

セツナはグレンを黙らせる事が出来たので、妙に勝ち誇った顔をレオルドに向けた。

「おい、現皇帝の計らいで俺は治療を受けているんだから守ってやってくれ。殺されたりしたら、俺も危なくなるじゃないか」

レオルドも今の皇帝の計らいにより治療を受けている最中なので皇帝に死なれたら困るのだ。

なにせ、契約書などなく口約束でしかない。次の皇帝が約束を破棄する事は充分に有り得る。

そうなった場合はレオルドも本気で抵抗する事になるが、今の状態では厳しいので割と本心から言葉にしている。

「む……そうなったら私が貴方(あなた)を守る！」

「いや、俺でなく皇帝陛下を守れよ」

「はあ～……」

セツナが皇帝よりもレオルドを守ると宣言したのですかさずツッコミを入れるレオルド。

そして、そんな発言をしたセツナに頭を抱えて溜息(ためいき)を吐(つ)くグレン。

それからしばらくしていると、グレンの家族が訪れてきた。

一家総出ではないがグレンの妻に娘と孫の三人が病室にお見舞いに来たのである。

「あなた、具合はどう？」

「うむ。大分良くなったよ。心配をかけてすまない」

「それはよかった。いつごろ退院できそうなの？」

「もうしばらくは掛かりそうだ」

「そう……。なら、目一杯休んだ方がいいわ。今までずっと働いてばかりだったんだから」

「そうか？　そんな事はないと思うのだが……」

「貴方がそう思ってるだけで、私達はそうではないの」

「そ、そうか。なら、言うとおりにしようか」

妻に強く言われては流石のグレンも大人しくするしかない。

しばらくはレオルドと相部屋のままだ。

まだまだ奇妙な時間が続くことを知ったグレンは気怠そうに息を吐く。

「じいじ！　元気になった？」

その時、孫娘だろう小さな女の子がグレンへ声をかけた。孫娘から話しかけられたグレンは頬が緩み、普段からは想像できない程だらしない顔になり、孫娘に話しかける。

「ああ。じいじは元気になったよ」

「ホント？　じゃあ、ホムラと遊んでくれる？」

「もう少ししたら遊んであげよう」

「もう少しっていつ？　明日？　明後日？」

「う～ん……もうちょっとかな～」

横で聞いているレオルドはグレンの豹変ぶりに笑いを堪えており、セツナは知っていたので特に言う事もなく二人のやり取りを見ていた。

その後、二人のほんわかとした孫と祖父のやり取りが終わり、グレンの家族は帰っていった。

「じいじ」

どうしても我慢できなかったレオルドは面白そうにグレンを孫娘のホムラと同じ呼び方で呼んでみる。すると、グレンはわかりやすいくらいに不機嫌になりレオルドを睨みつける。

「……私は確かに君には恩がある。だが、その呼び方を続けるなら容赦はせんぞ」

「じいじ、怖い」

そこへセツナが悪ノリして、レオルドと同じようにグレンをじいじ呼びし始めた。

「セツナ。真似するのはやめなさい」

「じいじ、怒ってる？」

「じいじ、震えてるけど寒いの？」

「やめんか！　貴様ら燃やされたいのか！」

とうとう我慢の限界を超えたグレンは声を荒らげて二人を睨みつける。

しかし、二人は全く怖いと感じておらず、悪ガキのようにグレンを茶化す。

「じいじ、こわーい」

「じいじ、怒らないで～」

「ようし、覚悟はいいな。今度は灰にしてやる！」

二人は面白いものを発見したとばかりにグレンを茶化して遊んだ。グレンもそれが分かっているから二人に付き合うように怒ったり笑ったりしている。


そのように三人が仲を深めてから三日が経過した。

いつものようにレオルドがベッドで休んでいると、慌てた様子のカレンが飛び込んできた。

「た、大変です、レオルド様！」

「どうした。何があった？」

普段と違う様子のカレンにレオルドも真面目な表情で話を聞く。

「王国からシルヴィア様がやってきました！」

カレンからシルヴィア来訪の知らせを聞いてレオルドは目を丸くする。

シルヴィアが皇帝と戦後処理などについて話し合うのかと考えたが、流石に違うだろう

と判断したレオルドはカレンに聞き返す。

「殿下が？　国王陛下ではなく？」

「はい！　間違いありません！」

「ふむ、そうか。でも、どうしてそんなに慌ててるんだ？」

「え!?　あっ……それは……」

言えない。言えるわけがない。カレンは帝都へ到着したシルヴィアを一目見たのだが、只ならぬ雰囲気を発しており、あまりの恐怖にレオルドの元へすっ飛んできたのだ。

今、シルヴィアがとてつもなく怒っている事をカレンはレオルドにどう伝えたものかと言葉を必死に選んでいる。

だが、遅い。カレンがなんと言えばいいのかと困惑している時、レオルドのいる医務室へ悪魔が一歩ずつ確実に近付いていた。カツカツと鳴り響く足音はまさしく死神の足音。

医務室にいた三人の背筋にゾワリと悪寒が走る。グレンとレオルドはお互いに向き合って頷く。

最悪の場合、二人同時に魔法を放とうと決定したのである。

そして、ついに医務室の扉が開かれた。

そこに立っていたのは他の誰でもないシルヴィアだ。

レオルドは医務室に来たのがシルヴィアだと分かり安心する。

護衛と共に医務室に入って来たシルヴィアはキョロキョロと中を見回してから、セツナの姿が見当たらないことを知り、誰にも聞かれないようにボソリと小さく呟いた。

「泥棒猫はいませんね……」

安堵したのも束の間でシルヴィアは拍子抜けをして間抜け面を晒しているレオルドを睨んだ。

何故かは分からないがシルヴィアに睨まれてしまい、レオルドは困惑してしまう。

（え？　なんで睨んでるの？　俺なんかした？）

勿論、なにもしていない。ただの嫉妬である。

しかし、レオルドが気付くはずがない。シルヴィアが嫉妬しているなどと。

「御機嫌よう、レオルド様。お体の具合はどうですか？」

ニコニコと微笑んでいるシルヴィアだが、内面はグツグツとマグマのように煮え滾っている。

当然、レオルドは心を読む能力などないのでシルヴィアが怒っている事には気が付かない。

ただし、あまり良くない雰囲気であることは察していた。

「ベッドの上からで申し訳ないのですが、お久しぶりでございます、殿下。体の方は順調に回復しております」

「そうですか。それはよかったです」

本当に心配していたのでレオルドが無事だということが分かり、シルヴィアは少しだけ怒りを静めて喜んだ。だが、それは本当に少しだけの時間である。

「ところで、レオルド様。部下から話を聞きましたが帝国の方とは随分仲がよろしいので？」

最初、レオルドは誰の事を言っているのか分からなかったが、一緒の部屋で治療を受けているグレンの事だと思い、何の疑いもなく話した。

「ええ。最初はお互い敵でしたが今は仲良くさせていただいております」

レオルドが笑顔で言うものだから、シルヴィアはさらに怒りの火を激しく燃やす。

「そうですか。でしたら、一度ご挨拶をしたいのですが」

その時、最高と言えばいいのか最悪と言えばいいのか迷う所にセツナがいつもの調子で医務室にやってきた。

「やっほー、レオルド。遊びに来たよ」

普段と変わらぬ態度でセツナは片手を振って医務室に入ってくる。

「セツナか。悪いが相手に出来ないぞ。今は殿下が来ているからな」

そのやり取りを聞いていたシルヴィアは愕然とする。

軽いノリでセツナに仲の良い友人のように語り掛けるレオルド。

シルヴィアは怒りを鎮めて今の状況を冷静に分析し始める。

そして、思い知る。そう、自分が酷く危うい状況であることを。

互いに名前で呼び合う親しい男女。そして、先程のやり取りから察する事の出来る距離感。

何よりも共に死線を潜り抜けた戦友という絶好のポジション。

それに比べてシルヴィアとレオルドの関係は王女と臣下に過ぎない。

多少は仲が良いがセツナと比べると何とも言えない。

そしてなによりも、今のシルヴィアはただの嫉妬に駆られた女。

これでは重たい女、嫌な女というレッテルを貼られてもおかしくはない。

それは嫌だ。それだけは嫌だ。

ただでさえ距離を置かれた過去があるのに、今更嫌われるなど耐えられるはずもない。

（ああ……！　私はなんと醜い女なのでしょうか！　最初こそ純粋に心配していたのに、他の女性と仲良くしてると聞いて嫉妬に理性を失い飛び出してきて、レオルド様に怒りを沸かすなんて……これでは嫌われても仕方がありませんわ……！）

顔にこそ感情を出さなかったがシルヴィアは自身の行動、感情に嫌気が差しギュッとスカートを握り締めた。そして、必死に感情を抑え込んだ。

ただレオルドに嫌な女だと思われたくないように笑顔を取り繕って。

「そちらの方が帝国守護神と名高い永遠のセツナ様ですね。初めまして。私はアルガベイン王国第四王女のシルヴィア・アルガベインといいます。以降、お見知りおきを」

淑女として王女として完璧に振る舞うシルヴィアは普段と変わらぬ笑顔を顔に張り付けてセツナへ挨拶をした。

「ん。初めまして。セツナです」

対してセツナは何の捻りもない質素な挨拶を返す。

それに対して特に目くじらを立てることもなくシルヴィアはニッコリと笑みを浮かべる。

「それで殿下。帝国には何をしに来られたのです？」

ここで空気を読めないレオルドの発言がシルヴィアを動けなくする。

シルヴィアは素直にレオルドの見舞いに来たとは恥ずかしくて言えるわけがない。

そのようなことを口にすれば自分がどのような思いをレオルドに抱いているかを暴露するようなものだから。

勿論、嫉妬に駆られて怒りに来たとも言えない。こちらもレオルドに対して特別な感情を向けていることを示唆してしまう。

それゆえにシルヴィアが取った行動は戦略的撤退である。余計なことを仕出かす前にシルヴィアはこの場から退散することを選んだ。

「レオルド様が無事に作戦を成功させたので労いの言葉をと思いまして」

「そうですか。わざわざ私のような者の為にありがとうございます」

「いえ、レオルド様は救国の英雄ですもの。これくらい当然ですわ。レオルド様。どうかこの機に十分お体をお休めください。では、私はこれで」

ミッションコンプリートである。シルヴィアは見事に嫉妬を隠し通し、無様な姿を見せることもなくレオルドと対話を終えることに成功した。

優雅にシルヴィアは医務室を出ていき、訪れる静寂の時間。すると、一部始終をずっと見ていたカレンと途中から見ていたセツナが同時にレオルドの名を呼ぶ。

「レオルド様！」

「レオルド」

突然、二人から名前を呼ばれたレオルドは驚いてしまう。

「うおっ！　いきなり、どうした？」

「動けるなら今すぐシルヴィア様を追いかけるべきです！」

「早くした方がいい」

「ええ？　なんで？　殿下は労いの言葉を伝えに来ただけだから、もう用はないだろう」

「そ、それはそうなんですが……！　でも、行った方がいいと私は思います！」

「私も。レオルドはもう少し殿下と話すべき」

「そ、そう言われてもな……。せめて理由を教えてくれないか？」

セツナとカレンは顔を見合わせるが何も言わない。

二人はシルヴィアの気持ちに気が付いてしまったのだ。

当然、レオルドもグレンも気が付いていない。同性である二人だからこそ見抜けたのだ。

シルヴィアがレオルドに只ならぬ感情を向けていることを。

しかし、それは本人の口から言うべきことであるので当事者でもない二人は黙秘を決める。

「それは言えません。ですが……もう一度シルヴィア殿下と話すべきです」

「う、う～ん……」

カレンにそう言われるがレオルドはやはりよくわからない。

だから、どうしても動こうとしない。

同じ女性であるカレンとセツナはレオルドのそんな態度を見て苛立ちを覚えてしまう。

「レオルド。追いかけないなら……凍らせる」

「はあっ!?　いや、なんで!?」

「問答無用。今すぐ行くか、ここで凍るか」

セツナは本気である。手から冷気が漏れており、医務室の温度が下がっていく。

冗談ではないということをレオルドは悟り、自棄になってシルヴィアに会いに行くことを決めた。

「ああー、もうわかったよ。殿下に会いに行けばいいんだろ。だから、セツナ。その手を下ろせ」

「ん。じゃあ、早く行くといい」

「はいはい」

完治していないがレオルドは動ける程度にまでは回復しているので、少々痛む身体でシルヴィアの後を追いかけるように医務室を出て行った。

残された三人のうち、状況が全く摑めていないグレンが二人にどうしてレオルドに無理矢理シルヴィアを追いかけさせたのかを訊いた。

「どうして、彼にあそこまでしてシルヴィア殿下を追わせたのだ？」

「それは女にしかわからない」

「そうです。きっと男の人には一生わかりません」

「そ、そうか」

結局、何が何だかわからないままのグレンは、それ以上何も訊かずに読書を始めるのであった。

医務室を飛び出したレオルドはシルヴィアを追いかける。

出るのが少し遅かったため、シルヴィアは既に近くにはおらず、どこに行ったのか分からない。

いきなり出鼻をくじかれてしまうレオルドだったが、運良く廊下を歩いていた兵士を見つける。彼ならばシルヴィアを見たかもしれないと兵士にレオルドは声を掛けた。

「そこの君、すまないが少し聞きたいことがあるんだが今いいか？」

「これはレオルド伯爵！　お体の方はもうよろしいので？」

突然、声を掛けてきたレオルドに兵士は礼儀正しく敬礼をする。

現在、帝国でレオルドは客人として扱われており、兵士にも周知されていた。

「ああ。動けるくらいには回復しているさ。それよりも、ここをシルヴィア殿下が通ったと思うのだが見ていないか？」

「シルヴィア第四王女殿下ですか？　それならばあちらの曲がり角を曲がって行きましたよ」

「そうか。教えてくれてありがとう」

「いえ、礼を言われるほどのことではありませんので！」

「仕事頑張れよ。ではな」

兵士に礼を言って軽く労いの言葉を掛けるとレオルドは、シルヴィアが曲がったという曲がり角の方へ小走りで向かう。

曲がった先にレオルドはシルヴィアと護衛の騎士が歩いているのを見つける。

声を掛けようとしたがシルヴィアと護衛の騎士は彼女達の為に用意されていた部屋へ入

り、レオルドは声を掛けるタイミングを完全に逃してしまった。

とはいえ、シルヴィアの居場所が分かったとレオルドは息を整えて乱れた服装を直す。

ばっちりと決まったレオルドは大きく深呼吸をしてからシルヴィアがいる部屋へ向かい、扉の前にいる兵士へ一声掛けると、扉の前に立ち、もう一度だけ深呼吸してから扉を叩いた。

「シルヴィア殿下。レオルド・ハーヴェストです」

中にいたシルヴィアはまさかいきなりレオルドが来るなど予想もしておらず、驚きの声を上げる。

「えっ!?　レオルド様!?」

中から聞こえてくるシルヴィアの驚いた声にレオルドも流石に急すぎたかと躊躇ってしまうが、既に声を掛けてしまったので後戻りはできない。

「はい。レオルドです。その……今お時間よろしいでしょうか？」

つい先ほど話していたのに今お時間よろしいかというのもおかしな話であるが、一応確認するのが礼儀というもの。それにシルヴィアはこの後用事があるかもしれないからというのも含めてだ。

「えっと………」

シルヴィアの方はレオルドの突然の訪問に困惑しており、招き入れるか招き入れないかで悩んでいた。

そもそもレオルドが何をしに来たのかも皆目見当がつかないので判断が難しい。

散々悩んだ末にシルヴィアはレオルドを部屋へ通すことにした。

「失礼します」

部屋の中へ入ったレオルドの視界にまず入ったのが護衛の騎士レベッカ。

彼女はシルヴィア専属の近衛騎士であり、王国内でも屈指の実力者だ。

戦時中はリヒトーがシルヴィアの護衛を務めていたが戦争も終わり本来の立ち位置に戻っていた。

「殿下。私は外に出ていましょうか？」

レベッカは二人に気を遣い外へ出ようとする。

しかし、彼女は護衛であるので出る必要はない。普通ならだが。

「ええ。ごめんなさい。少しだけ席を外してくれるかしら？」

「仰せのままに」

軽くお辞儀をして部屋を出ていくレベッカは部屋を出る際にレオルドに小さな声で話しかける。

「レオルド伯爵。殿下を泣かせないでくださいね」

「え？」

「それでは、ごゆっくり」

訳のわからぬまま二人きりにされてしまったレオルドはどうしたものかと頭を悩ませる。

そもそもレオルドはセツナとカレンに言われて来ただけだから、何を話せばいいのかよくわからなかった。しばらく沈黙に固まっていると痺れを切らしたかのようにシルヴィアの方からレオルドへ話しかける。

「あのレオルド様？　何かご用事があったのでは？」

「あ、そうですね。あ、あははは～」

特に話題も浮かばないレオルドは苦笑いである。二人の勢いに負けてここまで来たが、さて何を話せばいいのやらと内心混乱していた。

そのおかしな様子を見てシルヴィアは首を傾げる。一体レオルドは何をしに来たのだろうかと。

「で、殿下。その……あっ、私が献上した遺物は役に立ちましたでしょうか？」

咄嗟に思い浮かんだのは以前自分がシルヴィアに渡した古代の遺物についてだ。

「あ……それは……」

「どうかしたのですか？」

軽い気持ちで聞いただけなのにシルヴィアが悲しい顔をして俯くものだからレオルドも焦る。

もしかして、聞いてはいけないことだったのかと焦ってしまう。

「その……レオルド様から頂いた首飾りは……失くしてしまいました」

失くしてしまったとはどういうことなのかとレオルドは考える。純粋に失くしてしまったか、もしくは効果を発揮したかだ。

後者ならば役立って良かったと思うが前者だったら少々悲しい。

折角の役立つ遺物を失くされたとあってはレオルドも悲しみを隠せないであろう。

「あ、その、失くしたというよりは失くなってしまったというのが正しくて……」

シルヴィアの補足を聞いてレオルドは遺物がきちんと役に立ってくれたのだと理解した。

「そうですか。では、私が献上した遺物は役に立ったのですね」

「え、あの……怒ってはいないのですか？　とても貴重なものでしたのに」

「ははっ。なにを言いますか。殿下の命と比べたら遺物の一つや二つ安いものですよ」

その発言はレオルドの本心からのものであった。

古代の遺物はそれこそ国宝に匹敵するほどの価値を秘めている。

レオルドがシルヴィアに献上した身代わりの首飾りは、一度きりであるが死から身を守ってくれる代物だ。

立場ある人間からすれば喉から手が出るほどに欲しい代物だろう。

それほどまでの代物を安いと笑って語るレオルドにシルヴィアは胸が高鳴るのを感じた。

意図して言ったわけではないが間違いなくレオルドの発言はシルヴィアの好感度を上げた。

「殿下？」

「レオルド様。貴方はどうしてそこまでしてくれるのですか？」

「へ？」

なんのことだかさっぱり分からないレオルドは間の抜けた声を出す。

一体、シルヴィアは何のことを言っているのだろうかとレオルドは考える。その様子を眺めるシルヴィアはレオルドの真意がどうしても知りたくて堪らなかった。

シルヴィアの質問にレオルドは困惑するが聞かれた以上は何か答えなければならない。だが、どのような答えを言えばシルヴィアが納得するかは分からない。

一向に返答してくれないレオルドを見てシルヴィアは僅かに期待する。何の好意も抱いていないのなら臣下としての建前を即答するはず。だが、それもない。

なら、少なくともレオルドは自分に臣下としてではなく別の思いも抱いているのではないかとシルヴィアは考えた。

「……殿下をお守りするのは臣下の務めですので」

当たり障りのない答えであるが、その言葉を絞り出すまでに時間を要したという事はレオルドも自分と同じように別の思いを抱いているとシルヴィアは確信する。

「レオルド様。ここには私と貴方の二人しかいませんわ。建前でなく貴方の本心を聞かせてください。どうかお願いです」

追及するなら今しかないとシルヴィアは攻め立てる。

この機を逃せば次はいつになるかわからない。

それにうかうかしているとレオルドを他の女性に奪われてしまうかもしれない。

なにせ、レオルドは今回の戦争を終結に導いた立役者なのだから、国が黙っているはずがない。

恐らく、レオルドを囲うために王家との婚姻を結ばせるだろう。

そうなれば、誰か王家の女性が嫁ぐ事になる可能性が高い。

(ああ……嫌になる。本来であればレオルド様を繋ぎ止める役目は王家の女性であるならば誰でも良い。でも、そんなのは嫌。レオルド様の横に他の女がいるなんて許せない。なんと、なんと卑しい女なのでしょうか、私は……。感情に身を任せ暴走してしまうなど王家の人間らしからぬ行動をしてしまうなんて……、でも、それでも私は――)

なんと醜い女なのだろうかとシルヴィアは自己嫌悪に陥る。

ただ、それでもレオルドだけは失いたくない、取られたくないとシルヴィアは必死に己の恋を守ろうとしている。

(これほどまでに恋とは厄介なのですね。初めて知りましたわ。この胸の痛み、掻き毟られるような嫉妬、そして強く思う程膨れ上がる愛憎。愛おしくて愛おしくて、同時に憎たらしい。どうして、貴方は私の気持ちを理解ってくれないの？　と。そのような事まで考えてしまう。ああ、本当になんと恋とは厄介で甘美なのでしょう………）

どうしようもないくらいにシルヴィアはレオルドに恋い焦がれている。

初めて会った時は誕生会で傲慢な態度をとるレオルドにシルヴィアは興味の欠片もなかった。

それから時が経ち、人が変わったようにレオルドはその名を広める事になった。

そこからだった。シルヴィアが本気でレオルドに興味を持ち始めたのは。

それが今では恋に変わり、今もこうしてシルヴィアを苦しめ蕩かせている。我が儘を許される立場ではないがシルヴィアはどうしてもこの恋を成就させたいと願ってしまったのだ。

「……本心ですか」

「ええ。お聞かせ願えないでしょうか？」

「……なぜ聞きたいのです？」

「では、逆に問いますがレオルド様は部下から無償で遺物を貰っても何も感じませんか？」

そう言われると確かにレオルドも部下から遺物を無償で貰ったら何か裏があるのではないかと邪推してしまう。

だから、シルヴィアがなにを言いたいのかをレオルドは理解した。遺物を献上した目的を知りたいのだろうと分かったレオルドは心の内を口にする。

「ただ、殿下に死んで欲しくなかったのです。戦争が始まったと知り、私は殿下の身が危ないと感じたのです。恐らく皇帝は殿下を亡き者にしようと暗殺者を送り込んでくるだろうと予想出来ましたので」

「それだけですか？」

死んで欲しくないというのはレオルドの紛れもない本心である。

「……それだけです」

「どうして、レオルド様は私に死んで欲しくないと思ったのですか？」

「どうして……？」

途端に答えられなくなるレオルドは思考の海に潜ってしまう。どうしてと聞かれても、ただ死んで欲しくなかったから。それ以外を考えるレオルドは自分の心がよく分からなかった。

（どうして死んで欲しくないと思ったんだ、俺は？）

その答えが未だに出てこないレオルド。真剣に悩み、戸惑っている様子のレオルドを見てシルヴィアはレオルドが自身の気持ちを理解していないのではと推測する。

「レオルド様。あまり深く考えないでいいのですよ？」

「…………」

深く考えなくていい。そう言われたレオルドはもっと簡単に考えた。死んで欲しくないということは生きていて欲しいということだ。

では、どうして生きていて欲しいのか。それはシルヴィアのスキルが有用だからか。それは違うと断言できる。何故ならばレオルドも少なからずシルヴィアに好意を抱いているからだ。

（ああ、そっか。俺ってシルヴィアの事が嫌いじゃないんだ。俺の中ではシルヴィアも大切な人の一人だったんだ）

ストンと心のつっかえがおりたように納得したレオルドは穏やかな表情を浮かべてシルヴィアを見据える。

「簡単な話だったんですね……私はきっと殿下の事が大切なんです。失いたくないくらいに」

曇り空が晴れたように穏やかな笑みを浮かべてシルヴィアを大切な人だと言うレオルドに対してシルヴィアは悶絶してしまう。

（はうあっ！！！　き、きききき聞き間違いではありませんよね!?　レオルド様は確かに私の事が大切とそう仰いましたわ！）

これは相思相愛なのではとシルヴィアも考えるが慌ててはいけない。

下手な事を言って雰囲気を壊さない為(ため)に、ここは冷静に慎重に答えなければならない。

「レオルド様。それはその……どういった意味でしょうか？」

「守りたい大切な人。そういう意味です」

「そ、それはもしかして……異性としてでしょうか？」

「んんんっ!?」

ここでレオルドも自分が何を口走っているのかを理解する。

シルヴィアに指摘されて初めて自分がとんでもない事を口走っていることを知ったレオルド。

どうやってこの場を凌(しの)ごうかと慌て始めた。

「え、あ、いや、それは、そのですね。民や家族と同じくらいに大切な人という意味でして……」

そこまで言いかけてレオルドは気が付く。

先程のシルヴィアの言葉を思い出してレオルドは頭を回転させた。

（ん？　待て。シルヴィアはなんでそこで異性としてなんて聞いたんだ？　もしかして、俺のことが好きなのか？　え？　面白い玩具(おもちゃ)ではなくて一人の男として？　まさか、そんなわけ……）

チラリと彼女の顔を盗み見るレオルドの目に映ったのは、顔を上気させて潤んだ瞳をしているシルヴィアであった。

（……マジ？）

流石のレオルドも勘付いた。シルヴィアはレオルドのことが好きなのだと。

一度自覚してしまえばレオルドも意識せざるを得ない。

自覚した途端、レオルドは走馬灯のように今までのことを思い出す。

（思えばシルヴィアが不機嫌になる時は女性に関係する事だった。シャルロットに絡まれてる時や闘技大会の時、どれも全部女性に言い寄られていた……！　つまり、シルヴィアは嫉妬していた……？　え、なにそれ可愛いんだけど！）

数々の場面を思い出したレオルドは、シルヴィアが不機嫌になっていた理由を知る。

シルヴィアが嫉妬するのも無理はないだろう。陰ながら見守り、ずっと応援していた推しが世界的に有名になったようなものなのだから。とは言ってもシルヴィアも最初からというわけではない。

レオルドが仙道真人の人格と記憶が融合して変わり始めた頃からだ。途中からではあるが最初に興味を示したという点ではシルヴィアが一番である事は間違いない。

「あのレオルド様？」

「は、ははははい!?」

今度はレオルドがうろたえる番だった。

シルヴィアの気持ちを知ってしまったレオルドはまともに顔が見られない。なにせ、シルヴィアは絶世の美少女とも言える容姿に加えてレオルドに好意を持っているのだ。

意識すればするほどシルヴィアが可愛く見えて仕方がないレオルドは目も合わせられない。

（やばいやばいやばい！　シルヴィアが煌いて見える！　滅茶苦茶可愛いやんけ！）

心臓をばくばくと鳴らすレオルドはシルヴィアを視界に入れるたびにキラキラとしたエフェクトが施されており、気が気ではなかった。

（落ち着け、オレェ！！！　シルヴィアは俺のことが好きだけど虐めるのも好きなサディストだ！　絆されてはいけない！　絆されてしまえば、未来永劫意地悪されるだけだ！）

必死に胸の高鳴りを抑えるようにレオルドはシルヴィアのドSな部分を強調する。

そうすれば、きっとこの胸の高鳴りも静まるはずだと思っていた。

だが、甘い。シルヴィアがレオルドに仕込んだ毒はついに効果を発揮する。

（あれ……そういえばシルヴィアが俺をからかってたのって最初だけじゃね？　なんか、思い出せば思い出すほど、甘酸っぱい思い出しかない気がする……）

思い出してしまう。シルヴィアは母親のアドバイス通りにレオルドをからかうのを最小限に控えていた。そのことを知らないレオルドはまんまとやられてしまったのだ。

シルヴィアは引き際を弁え、レオルドが本当に嫌がることをしなくなった。

そのおかげでレオルドとの距離を縮めることに成功していた。だからこそ、レオルドもシルヴィアの事を憎からず思っていたのだ。

その結果が今に繋がったのだ。もはや、逃れることは出来ない。

レオルドもシルヴィアも互いに想い合っている。友達以上恋人未満の所にまで来ている。あとはほんの少しの切っ掛けがあればいい。

そう、ほんの少しの切っ掛けがあればいいだけ。

「レオルド様。やはりまだお体が優れないのでは？」

心の底から心配そうに見詰めてくるシルヴィアに耐え切れるはずもなく、レオルドは遂に目をギャグ漫画のようにグルングルンと回して気絶しそうになる。

衝撃の事実に倒れそうになるレオルドだったが心配そうにこちらを見詰めるシルヴィアの顔を見て、倒れる寸前のところで踏みとどまる。

情けない姿を見せるわけにはいかない。それにだ。これ以上シルヴィアの思いを、そして何よりも自分の思いを無視することは出来ない。

ちっぽけな男の意地であるがレオルドは気合を入れて腹に力を込める。

「ふうーっ!!」

覚悟を決めてレオルドは勢いよくシルヴィアへ顔を向ける。

先程とは一転してレオルドの顔が真剣なものになり、シルヴィアは空気が変わったことを察した。

「殿下！」

「は、はい！」

「どうか、どうかもう少しだけお時間をください。必ずや、答えを出しますので」

「え、えっと、答えとは……」

「まだ口にするわけにはいきません。私にも男としてのプライドがありますゆえ」

レオルドは今この場で言うようなことではないと決めていた。

告白をするのなら怪我を治して、万全の状態で臨み、絶好のシチュエーションで行いたいと考えている。

それこそ、夜景の綺麗な高台とかで告白が出来たらいいな、とありがちな妄想をしていた。

「あ、あの、それはまさか……」

「殿下！　どうか、どうか今だけは気付かぬフリをしていただければ……」

流石に露骨過ぎただろうがこのような状況で愛の言葉を口にしたくない。

お互いが望んでいるかは分からないがレオルドは最高のシチュエーションで告白したいのだ。

だから、今だけはシルヴィアに黙っていて欲しかった。

どちらから伝えてもいいのだがレオルドは自分から伝えるべきだと思っている。

レオルドはそれが男としての役割であると昔から決めていたのだ。

「……分かりました。お待ちしております。レオルド様」

「ありがたく存じます……！」

シルヴィアはレオルドの覚悟を推し量り、いつまでも待つことに決めた。

どれだけ時間が掛かろうともレオルドなら必ず答えを聞かせてくれると信じている。

それだけの信頼がシルヴィアとレオルドの間にはあった。

二人が過ごした時間は短くも築き上げた絆は確かなものであることは間違いないのだから。

「……ゴフッ」

覚悟を決め、シルヴィアへ告白することを決意したレオルドだったが度重なるストレスに加えて、緊張の糸が切れてしまい、胃が限界を迎えたのか吐血して倒れてしまう。

突然、目の前で血を吐きながら前のめりに倒れるレオルドの姿を目撃してしまったシルヴィアは動揺を隠せず悲鳴を上げた。

「きゃああああああ！　レオルド様ーッ!?」

部屋の外で待機していたレベッカがシルヴィアの悲鳴を聞いてドアを勢い良く開けて中に入ってくる。

「殿下ッ！！！　今の悲鳴は!?」

「レ、レベッカ！　レオルド様がレオルド様が！」

あまりの衝撃にシルヴィアは上手く状況説明が出来ずにアタフタしている。

レベッカは一体何があったのかと部屋の中を見回すが襲撃された気配はない。

では、何故レオルドが血を吐いて倒れたのだろうかと疑問を浮かべるレベッカだが、まずは倒れた彼を助けることが先決であると判断して駆け寄る。

「殿下。一先ず説明は後で。今はレオルド伯爵を助けなければ！」

「え、ええ！　私はどうしたらいい!?」

「まずは落ち着いてください。私が医者を呼んできますので殿下はレオルド伯爵のお側に」

「わ、わかったわ！」

想い人であるレオルドがいきなり血を吐いて倒れるものだからシルヴィアはいつもの冷静さを失っており混乱していた。それを落ち着かせてレベッカは医者を呼びに走る。

それからレオルドが血を吐いて倒れたことが広まり、城の中は大騒ぎだ。

寝ても覚めても人を騒がせてしまうレオルドは罪深き人間であろう。

その後、駆けつけた医者により回復魔法をかけてもらったレオルドは無事に意識を取り戻し、一同は安堵の息を吐いたのであった。

翌日、ベッドの上で寝転んでいるレオルドの側にはシルヴィアとレベッカの姿があった。

「……あの～、殿下？　もう大丈夫だと思うので、いつまでも私の側にいなくても……」

「私がお側にいてはご迷惑ですか？」

そんなことはないのだがレオルドの精神が持たない。

シルヴィアの気持ちを理解している今、どうしてもシルヴィアの事を意識してしまう。

だから、側にいられるとついつい目を向けてしまうのだ。

その度に目が合うのだが、シルヴィアが毎回狙っているかのようにコテンと可愛らしく首を傾げるものだからレオルドはいちいち胸が高鳴って仕方がない。

対して、シルヴィアの方は狙ってやってるわけではない。レオルドが度々目を向けてくるので何か御用ですか、という意味を込めて首を傾げているだけ。

その様子がたまらないほどに可愛らしく見えるレオルドのほうが病気なのだ。

大体、シルヴィアが離れなくなったのもレオルドが原因だ。

折角、上手い具合に話が進んでいたのに吐血したレオルドが悪い。あの場面で吐血しなければシルヴィアもレオルドの側にずっといようとは考えなかったはずだ。

（また血を吐くかも……）

胃の心配をするレオルドだが案ずる事はない。既にシルヴィアが念のためにと王国へ使いを出し、シャルロットを呼んでいる。

だから、大丈夫だ。何も心配する事はない。

数日ほど経過して王国から国王と護衛のリヒトーが帝国へやってくる。

シルヴィアが手配した通り、シャルロットも一緒になってだ。

国王は今回の戦争についての話し合い。そして、シャルロットはというと、早速レオルドをからかう為に医務室へとやってきた。

「ぷふぅっ！　聞いたわよ、レオルド！　貴方、死にかけたんですって？　しかも、炎帝との戦いじゃなくて、シルヴィアと話してる最中、胃に穴が空いて！」

「…………開口一番がそれか？」

「だって、面白いんだもの！　それ以外なにかある？　ないでしょ～～～！」

「くそ！　ぶっ飛ばしてやる！！！」

医務室にやってきたシャルロットは盛大にレオルドをからかい、頬をグリグリといじくり回して大笑いしていた。からかわれたレオルドはプルプルと震えて怒るのを我慢していたが、ついに怒りが爆発してシャルロットへ摑みかかる。

「お二人共、お静かに！　レオルド様もまだ回復していないのですから無理はなさらないでください。それから、シャルロット様もあまりからかうのは止めてあげてください」

「はい……」

「は～い……」

シルヴィアに注意された二人はシュンと頭を垂れて反省する。レオルドは大人しくベッドで横になり、シャルロットは適当にあった椅子に腰を掛ける。

「それにしても、思っていたよりも元気そうで安心したわ」

「まあ、帝国の医者が優秀だったおかげだ」

「そうね。それよりもどれくらいで完治するの？」

「もうほとんど回復している。それに医者からはあと数日もすれば退院できると聞いている」

「それなら良かったわ。ところでレオルド。貴方、家族には連絡したの？」

「いや、してないが。伝わっているはずだろう？」

「ええ。伝わっていたわ。だから聞いたのよ」

「なぜだ？」

「だって、貴方の家族とっても心配しているのに連絡の一つも寄越さないって怒ってたわよ？」

「しまった……！」

言われて初めてレオルドは家族に報告するのを忘れていた事を思い出す。無事だったのなら、いの一番に報告をしなければいけない人達だろう。

大切な家族なのだから当然だ。それを忘れているレオルドがいけないのである。

「結構怒ってるか？」

「それは勿論。オリビアはカンカンに怒ってるわよ。帰ってきたらお説教だって」

「ひえ……っ！」

折角生きて帰れるのに待っているのは母親の説教とは悲しい運命である。いくつになっても子供は母親に勝てないのだ。

「ふふっ。まあいいではありませんか。レオルド様。ご家族の方はそれほどまでにレオルド様の事が心配だったのですから」

「そうは言いますが……頑張って勝利したのに怒られるのはちょっと……」

「元はといえばレオルド様が連絡を怠ったのが悪いのですから甘んじて受け入れましょう」

「うぅ……はい」

シルヴィアの言う事は正しいのでレオルドも反論できない。帰ったら説教を受ける事が確定してしまったレオルドはしょんぼりと肩を落とす。

二人の様子を見てシャルロットはにんまりと笑う。前よりも仲良くなっているのを見てシャルロットはからかう。

「なになに～？　貴方達、いつからそんなに仲良くなってたの～？」

「い、いいいいいやそんなことはないぞ、うん！」

「そ、そそそそうです！　いつもと変わりませんわ！」

「動揺しすぎだから！　あはははははっ！」

その言葉に過剰に反応する二人。真っ赤に顔を染め上げてアタフタと慌てる二人にシャルロットは笑いが止まらない。

「ぐぅ……」

「はぅ……」

からかわれて二人は恥ずかしそうに唸り声を上げて黙ってしまう。

（あらあら、これはホントに何かあったのかもね～）

そんな様子の二人を見てシャルロットは二人の関係が進んだ事を察した。

もう少しからかおうと考えたシャルロットだが、あまり刺激すると変にこじれてしまうかもしれないと思い、からかうのを止めて別の話題を振る。

「ところで、レオルド。これからなにをするつもりなの？」

「ん？　あー、特には考えていない。まあ、領地に帰ってからゆっくり考えるさ」

「そんな暇があるといいのだけどね」

「どういう意味だ？」

「どういう意味って……シルヴィア、説明してあげなさいよ」

「え？　私がですの？」

いきなり話を振られて戸惑うシルヴィアだが、確かに今後の事をレオルドに教えてあげた方がいいだろうと、咳払い（せきばらい）をして説明に移る。

「ゴホン。では、レオルド様に軽く説明いたしますと、まず戦争に勝利したのでレオルド様にはその功績に応じた報酬が王家から支払われます。まだ私も知りませんが、恐らくは領地や爵位といったものになると思いますわ」

「あー、そういうことか」

「ご理解が早くて助かります」

シルヴィアの説明を聞いてレオルドも理解した。完治した暁には王国に帰ることになるのだが、自分の領地に帰るのは先になる。まずは、戦争で貢献したレオルドに王家から報酬が支払われることになる。

それに加えて祝勝会といった催しも開かれるのは間違いないので、しばらくは王都に留（とど）まる事になるだろう。

レオルドからすればさっさと領地に帰って色々とやりたい事があるのだが、王国に仕える身としては避けられないことだ。

もっとも、今のレオルドならば昔のように傍若無人な態度を取っても許されるであろう。なにせ、武力、知力を王国に示しているのだから。

レオルドは知らないがゼアトの防衛戦で見せた数々の凶悪な兵器のおかげで、レオルドは王国にとって切り札であり、爆弾のような扱いになっているのだ。

そのことをレオルドが知るのは先のことである。


シルヴィアが見舞いに訪れてから、数日が経過し、ようやくレオルドの身体も万全となり、いよいよ退院となる。

既にグレンの方は退院しており、仕事場に復帰していた。

グレンと入院した日は同じであったのにレオルドの方が遅いのは色々とあったからだ。

具体的に言うとシルヴィアへの告白についてである。

両想いであることは分かったが付き合ってはいない。

王国に帰り、戦後処理が落ち着き次第、レオルドはシルヴィアに告白することを決めている。

「ようやく王国に帰れるんだな……」

「そうね～。私も観光は終わったし、お土産も買ったからいつでも帰れるわよ」

完全復活したレオルドの横にはシャルロットがいる。そのシャルロットの傍らには大量の買い物袋が置いてある。レオルドはそれを見て呆れたように溜息を吐いた。

「はあ～。お前はお見舞いにきたのか遊びにきたのかどっちなんだ……」

「どっちもよ～。大体、私が来た頃にはもう治りかけてたじゃない」

「まあ、そうなんだが……」

「な～に～？　もしかして心配して欲しかったのかしら～ん？」

意地悪そうに笑うシャルロットはしかめっ面になっているレオルドのほっぺをツンツンする。

「ええい、鬱陶しい！　からかうのは止めろ！」

「え～～～？　ホントは心配して欲しかったくせに～」

「誰がだ！　ふん！」

図星だったのかレオルドは怒りながらシャルロットの元を離れていく。外では既にカレンやジークフリートなどが帰る準備を進めていた。帝国へ来る時は徒歩であったが帰りは馬車である。国王、そしてシルヴィアと一緒にレオルド達は王国へ帰るのだ。

「あっ、レオルド様！」

馬車に荷物を積み込んでいたカレンがレオルドに気が付き手を振る。名前を呼ばれたレオルドは手を振り返して、カレンに近付く。

「お土産は充分に買ったか？」

「はい！　子供達の分も沢山！」

「そうか。ご苦労だった」

「いえ！　むしろ、これだけ良くしてもらっていいのかなって感じで……」

「はは、構わんさ。これはお前が頑張った褒美なんだ。遠慮することはない」

「レオルド様……！　ありがとうございます！」

「礼を言われることじゃないさ。さあ、帰る準備をするぞ」

「はい！」

元気良く返事をするカレンと一緒にレオルドは馬車へ荷物を積み込んでいく。荷物を積み終えたレオルドの元にジークフリートがやってくる。

レオルドは近付いてきたジークフリートに顔を向けて何か用かと尋ねる。

「なんだ？　何か用事でもあるのか？」

「あ、ああ。もう身体は大丈夫なのか？」

「見ての通りだ。それよりもお前はいいのか？　ローゼリンデ殿下の方に行かなくて」

「え、ああ。ローゼとは会えなくなるわけじゃないからな」

「そうか。まあ、お前がそう言うならいいさ」

「ああ。ところでレオルドは帰ったらどうするつもりなんだ？」

「ん？　あー、色々とやるつもりだ」

「そっか……」

「お前は？」

「え？」

「だから、お前はなにするつもりなんだ？」

「え、あ、あー……考えてない」

「そうか。まあ、身の振り方は考えておけよ。俺もお前も帰ったら今回の件で褒賞を受け取ることになるだろうからな」

「あっ、そっか。でも、俺はレオルドに比べたら大したことしてないし……」

「アホ。ローゼリンデ殿下が口添えしてたんだし、お前も充分頑張ったんだ。それなりに貰えるはずさ」

「そうなのか……。なんかずるい気が……」

「運も実力の一つだ。黙って貰っておけ」

「そういうことなら分かった」

「後一つ言っておくが陛下の前では言葉遣いに気をつけろよ」

「それくらい俺だって分かってるよ！」

「なら、一応上司であり伯爵の俺にも敬語を使えよ」

「それは……わかりました」

「ふっ。慣れなさそうだな」

「いや、だってレオルドにはいつも普通に喋ってたし……それに同級生だし……」

レオルドは学園を中退しており、ジークフリートはきちんと卒業して騎士団に就職している。

しかし、まだ学生気分が抜けないでいるようでレオルドに口頭で注意される。

「元同級生だ。まあ俺は別に気にせんが、もう学生じゃないんだ。いい加減、貴族としての礼儀を覚えておいた方がいいぞ。そうしないと敵を増やすだけだ」

「っ……！　ああ、わかった」

「じゃあ、俺は挨拶する奴がいるから」

軽く注意喚起をしてあげてレオルドは別れの挨拶をする為に城の方へ戻る。

すると、その途中でグレンやセツナといったレオルドと深く関わった人物がレオルド達の元へ向かってきた。どうやら、お別れの挨拶をしに来たらしい。

「レオルド！」

セツナはレオルドの姿を見かけると、一目散に走ってレオルドに抱き着く。

たまたま、その光景を目にしていたシルヴィアは嫉妬の炎を燃やすが、今日でお別れなので目を瞑る事にした。

「うおっと！　いきなり抱きついてくるな。勘違いされるだろう！」

「だって、寂しくなるから……」

「寂しいって……。まあ、一緒に死線を潜り抜けた仲だからな。分からなくもないが、俺には帰る場所があるんだ」

「わかってる。ねえ、レオルド」

「なんだ？」

「そっちに遊びに行ったときは遊んでくれる？」

「ああ。時間を作ろう」

「やった。じゃあ、もう大丈夫。またね、レオルド」

「またな、セツナ」

同じ釜の飯を食った友のように仲睦まじい二人。その様子を見ていた周囲の者達は二人の仲の良さに驚いていた。名残惜しそうにセツナが離れ、替わるようにグレンがレオルドのもとへ歩み寄る。

「元気そうでなによりだ。レオルド伯爵」

「そちらこそ。炎帝グレン殿」

「ふっ。貴公とはいずれ別の形で戦ってみたいものだ」

「ははは。そうですね。私も操られてない炎帝と戦ってみたくはあります」

「レオルド伯爵。改めて礼を述べよう。貴公のおかげで私は救われた。ありがとう」

「お気になさらず。私も必死だっただけですので。それでは、またいずれお会いしましょう」

「うむ。なにかあれば遠慮なく訪ねてきてくれ。いつでも力を貸そう」

グレンとの挨拶を終えたレオルドのところへ最後にやってきたのはアークライトだ。

彼の横には見慣れぬ美女が佇(たたず)んでいる。恐らくは人質に取られていた婚約者であろう。

レオルドはチラリと彼女を見てからアークライトに顔を向ける。

「お久しゅうございますね、アークライト殿下」

「そうですね。貴方(あなた)と会うのはいつぶりでしょうか」

「ところで殿下。私との約束覚えてます？　私に嘘(うそ)をついたらぶん殴るといった約束を……」

「勿論(もちろん)。遠慮なくやってくれ」

「では！」

身体強化などの魔法は施さず、レオルドは純粋な力のみでアークライトの横っ面を殴り飛ばした。

メキッと奥歯が欠けた様な音が鳴るのが聞こえて、アークライトは数メートルほど吹き飛ぶ。

「まだ物足りませんが、そちらの女性に免じて許してあげます」

誰よりも先に、殴り飛ばされたアークライトの元へ駆けつけ、レオルドから守るように両手を広げている女性を見ながらレオルドは手を振る。

流石になんの強化もせずに全力で殴ったのでレオルドも痛かったようだ。

ただ、心の方はすっきりしているようで清々しい表情を浮かべている。

「ぐっ……！　寛大なお心に感謝します」

「俺ではなく彼女に礼を言うべきですね。真っ先に貴方を庇いに来た婚約者である彼女にね。それでは、いつかまた会う日がくれば会いましょう」

言いたい事は言えたのでレオルドもそれ以上は追及しなかった。

レオルドは別れの言葉を残してシルヴィア達が待っている馬車の方へ向かう。

レオルドが国王やシルヴィアの元へ歩み寄ると、国王は顔を引き攣らせながら口を開いた。

「レオルドよ。先程のやり取りはいったい何だったんだ？」

「ああ、先程のは約束を違えた結果です。ご安心ください。帝国側も了承済みなので国際問題にはなりませんよ」

「それなら安心してもいいのか……？　いや、それよりもお前は相手が皇族であるのに物怖じしなかったのか？」

「おかしなことを言いますね。相手が誰であろうと約束を破るのは許されませんよ」

「それは私に対しても同じことが言えるか？」

「ええ。私は確かに陛下へ忠義を捧げている身ではありますが不義理に対してはそれ相応の対応をするまでです」

　国王に対してもはっきりと告げるレオルドは堂々としていた。国王はその態度を見てゴクリと喉を鳴らす。どうやら、レオルドは今回の戦いで一皮むけたようだ。

　頼もしい反面、不安でもあるが誠実に対応すればいいだけの話だ。

「そうか……。私も気を付けるとしよう」

　皮肉に笑うと国王は馬車に乗り込む。その後を追うようにリヒトーが乗り込もうとするが、レオルドの方に顔を向ける。

「強くなったね。レオルド」

「まだまだですよ。リヒトー殿」

　もしかしたらレオルドと戦う日が来るかもしれないという予感を抱きながらリヒトーは馬車に乗り込んだ。

　次にレオルドはシルヴィアの元へ向かい言葉を交わす。

流石にこの場では甘酸っぱい雰囲気にはならず、レオルドはいつも通りの態度であった。

「シルヴィア殿下。この度はご迷惑をお掛けしました。本来であれば、もう少し早く帰国出来たものを私のせいで遅れさせてしまったことをお詫びします」

「ふふ、構いませんわ。レオルド様は救国の英雄。多少の遅れなど些細な事に過ぎません。どうか、頭を上げてくださいまし」

「寛大な御心に感謝を」

「それでは帰りましょう。私達の国へ」

「はい！」

二人は別の馬車で帰ることになり、レオルドがシルヴィアをエスコートして馬車に乗せる。

シルヴィアを馬車に乗せたレオルドが自分が乗る馬車へ帰ろうとした時、シルヴィアの護衛であるレベッカに話しかけられる。

「レオルド伯爵。殿下をお訪ねの際には白馬のご用意をしておいたほうがいいですよ」

「んぶふぅ！」

「ふふっ、では、後ほど！」

必死に考えないようにしていたのに不意打ちを食らったレオルドは吹き出してしまう。

「く……！　白馬の王子様という柄じゃないんだがな～。とはいえ、なるべくシルヴィアの要望には応えたいが……。いや、しかしな～！」

誰にも聞こえないよう小さな声でレオルドは心の内を零す。

馬車のほうへ行くとカレンとシャルロットが楽しそうに話していた。

「随分と楽しそうだな」

「あら、レオルド。戻ってきたの？」

「戻ってくるにきまってるだろう」

「レオルド様。おかえりなさい！」

「ああ、ただいま。それじゃ、帰ろうか」

二人と一緒に馬車へ乗り込んでレオルドは王国へ帰る事になる。思った以上に滞在してしまったが、これでようやく自分の領地であるゼアトへ帰る事が出来るのだ。

馬車が動き出して、しばらくするとレオルドは眠気が襲ってきたのかうつらうつらとしている。

「眠たいなら寝ればいいじゃない」

「いや、そういうわけには……」

「ほら、いいから黙って寝てなさい」

「うおっ……！」

「光栄に思いなさい。私の膝枕は一国の王ですら手に入らないいんだから」

「そうか……。それは光栄なことだな……」

強引にシャルロットはレオルドの頭を自分の太ももに乗せた。

それから少ししてレオルドは穏やかな寝息を立て始める。

「わあ……。すぐ寝ちゃいましたね」

「ええ、そうね。まあ、仕方ないでしょう。レオルドはずっと張りつめていたんだから」

「え？　でも、結構楽しそうにしてましたよ？」

「表面上はね。でも、馬車に乗ってすぐに眠気が襲ってきたのはようやく心の底から安心した証拠だと思うの」

「でも、一応は帝国でも眠っていましたけど……」

「多分、まともに眠れなかったんじゃないかしら。友好的な関係は修復できたけど、心の底から安心できる環境じゃなかったでしょ」

シャルロットの言うことは当たっていた。レオルドは帝国で満足いく睡眠を取れていなかった。

いくら友好的な関係を修復できたからと言っても戦争していた相手だ。兵士の中にはレオルドに恨みを持っている者がいてもおかしくはない。

流石にグレンやセツナがいる中でレオルドに危害を加えるような者はいないと思うが、それでも多少の不安は残る。

だからこそ、レオルドは常に気を張り詰めていた。そのおかげで知らぬ内にストレスを抱えていたのである。

「まあ、ようやく安心出来たんでしょ」

膝の上で寝ているレオルドの頭を優しく撫でるシャルロットは聖母のように優しく微笑んでいた。それを間近で見ていたカレンは思わず見入ってしまう。

「ふふ。可愛らしく寝ちゃって」

レオルドの髪を優しく撫でながらシャルロットは喜びの笑みを浮かべている。

こうも無防備に身を預けているということはレオルドは、シャルロットに対して全幅の信頼を寄せている証だ。それが分かっているからシャルロットも嬉しくなり微笑んでいる。

「今だけは全ての悪意から貴方を守ってあげるわ」

必死に戦い、運命に抗い続けているレオルドを知っているシャルロットは、この穏やかな時間だけでも守り通すことを決めた。

世界最強の魔法使いに守られているならばレオルドも今だけはゆっくりと休むことが出来るだろう。

第二話　愛の告白、そしてプロポーズ

優雅な馬車の旅を終えてレオルドは遂に王国へ帰ってきた。

ひとまず、長旅の疲れを癒すためにレオルドは一旦実家へ帰る事にした。その際、カレンだけお土産を届けるという名目で先に転移魔法を用いてゼアトへ戻った。

レオルドとシャルロットの二人はレオルドの実家であるハーヴェスト公爵家へ向かう。

二人きりになった馬車の中でシャルロットはレオルドを茶化していた。

「で、で、で？　どうだったの～？　私の膝枕の感触は？」

「……」

神経を逆なでするように煽ってくるシャルロットにレオルドはピキピキと青筋を立てながら沈黙を貫いている。

「素直に気持ち良かったですって言いなさいよ～」

シャルロットの言う事は正しく、レオルドは彼女の膝枕で気持ちよく眠ってしまったので反論も出来ない。しかも、割とがっつり堪能してしまったとは口が裂けても言えないだろう。

「ほらほら、黙ってないでなんとか言ったらどうなの～？」

（くそぅ……！　わかって聞いてるから質（たち）が悪い！　しかし、事実なんだよな～！　シャルの膝枕が気持ちよかったのは。でも、絶対に言ってやらん！）

認めてはいるが絶対に言葉にはしてやらないと口を固く結んでいるレオルドはシャルロットから目を背けて外ばかり眺めている。

「もう隠さなくてもいいのに。うりうり～」

そっぽを向いているレオルドの頬っぺたを指で突（つつ）くシャルロットは楽しそうに笑っていた。なすがままにされているレオルドは必死に怒鳴るのを我慢しておりプルプルと震えている。

しかし、ついに我慢の限界を迎えてしまい、怒鳴りながら胸の内に隠していた思いを曝（さら）け出す。

「ああ、くそ！　想像以上に気持ちよかったよ！　またして欲しいくらいにな！　これで満足か。ええっ!?」

怒濤（どとう）の勢いにシャルロットもキョトンとしてしまう。

まさか、そこまで言われるとは思ってもいなかったのでシャルロットもついつい照れてしまい顔がニヤけるのを隠せなかった。

「そっか～。またして欲しいんだ～。ふ～ん。へえ～」

思ったよりも嬉しかったらしくシャルロットはニヤけ顔が戻らない。

チラチラとこちらを見てくるのでレオルドも気になってしまい、振り向いて口を開く。

「なんだ！　なにがおかしい！」

「ううん。なんでもないわ～」

ニッと笑うシャルロットにレオルドは胸が高鳴ってしまうのを抑えられなかった。

いつもは大人の色気をムンムンに出しているシャルロットが悪戯が成功した少女の如く朗らかに笑うのでギャップが堪らない。

（くぅ！　狙ってんのか！　それとも素なのか！　ちくしょう！　ギャップ萌えありがとうございます！）

口にこそ出さないが心の中でシャルロットの普段とは違う魅力にときめきを隠せないレオルドは感謝の言葉を述べた。

そのようなやり取りが終わった頃に馬車が停止した。

どうやら、ハーヴェスト公爵家に着いたようだ。

馬車の操縦をしていた御者が中にいる二人へ声を掛ける。

「ハーヴェスト公爵邸に到着致しました。レオルド様」

「わかった。ご苦労だった」

馬車から降りるとレオルドの帰還を待ち望んでいたハーヴェスト一家が総出で出迎える。

「私は先に屋敷に戻ってるわ～。家族水入らず、ゆっくりしてね～」

そう言って一緒に馬車から下りたシャルロットは一足先に屋敷の中へ入っていく。
シャルロットを見送りながらレオルドは家族のもとへ歩を進める。

「無事で何よりだ、レオルドよ」

「ただいま戻りました。父上」

「うむ」

まず最初に出迎えの言葉を述べたのはベルーガであった。
それから次にオリビアがレオルドへ駆け寄り、その豊満な胸に息子を抱き寄せる。

「あなたと言う子はどうして心配ばかりさせるの！　無事だったのなら無事だったと一言くらい連絡しなさい！　どれだけ私たちが心配したと思うの……」

言い訳をしようにもレオルドは顔面から母親（オリビア）の胸に埋もれているので喋（しゃべ）ることはおろか息すらまともにできない。
あらゆる困難を乗り越えてきたがここに来て最大の危機を迎えるレオルド。
安息の地である実家は最大の死地だった。はたから見れば美人ママの胸に顔が埋まっているだけなので天国に見えるが、その本人は窒息死寸前である。
最初は呻（うめ）き声（ごえ）を上げていたのにどんどん勢いは衰えていき、最後は何も発さなくなったレオルドは抵抗をやめてダランと腕を下げている。
母は強し。まさにその瞬間であった。

まあ、流石に危険だったので妹であるレイラがオリビアからレオルドを引きはがす。

「ちょっと、母様！　レオ兄さまが死んでしまうわ！」

「え！　あ、私ったらつい……」

「心配なのはわかりますが、つい勢いで殺すのはやめてください！」

「ご、ごめんなさいね。レオルド」

窒息しかけていたレオルドはレイラの手によって無事生還を果たした。

「ここは……天国か……？」

「現世よ！　レオ兄さま、しっかりして！　救国の英雄ともあろう御人が母親の胸で窒息死なんて笑い話どころではないわよ！」

「う、うぅ……」

「しっかりして、レオ兄さま！」

朦朧としているレオルドを必死に揺さぶり呼び起こそうとしているレイラ。

その頑張りが実ったようでレオルドは完全に意識を取り戻した。

「はっ……！　生きているのか、俺は」

「よかった～～～！」

「む、レイラか。お前が俺を助けてくれたのか？」

「そうよ。もう本当に危ないところだったんだから感謝してよね！」

「ああ。ありがとう。もう少しで窒息死するところだった」

レオルドから感謝の言葉を受け取ったレイラはオリビアを厳しく注意する。

「今後、母様はレオ兄さまを抱きしめるのは禁止ね！」

「ええっ!?　それは流石に酷いわ」

「だって、母様ったら毎回レオ兄さまを胸元に抱きしめて窒息死させようとしてるじゃない！」

「それはそうだけど。でも、息子なんだし……」

「勿論わかってるわ。でも、嬉しくても心配でも毎回抱きしめて窒息させているのは事実でしょう？　だから、少しくらい我慢して」

「う……はい」

レイラの言い分は正しく、オリビアもたじたじで言い返すことが出来ない。

確かに毎回窒息するレオルドの身としてはレイラの言うことは有難い。

「まあまあ、二人とも。折角レオ兄さんが帰ってきたんですから喧嘩はやめて、ね？」

その時、レグルスが二人の間に割り込んで仲裁を試みる。

「それもそうね。ごめんなさい、母様。少し言い過ぎました」

「いいえ、いいのよ。レイラの言う事も正しいから。でも、その家族としてのスキンシップで抱きしめるのは許してほしいかなって……」

「母様！」

「は、ははは……」

全く懲りていないオリビアにレイラが怒り、どうすることもできないレグルスは乾いた笑みを浮かべることしか出来なかった。

感動の再会と言えなくもないがレオルドは家族との再会を済ませた後、屋敷の中に入ってからオリビアに説教をされた。小一時間ほど母親に叱られたレオルドはベルーガに呼ばれる。

レオルドが執務室へ向かうと、そこには正装に身を包んだベルーガがいた。

「なんでしょうか、父上」

「これから王城へ向かう。お前も付いて来い」

「あー、戦争の件ですか？」

「理解が早くて助かる。その通りだ。今回の戦争でお前が成した功績を称（たた）えるのだが、事前に打ち合わせをしておこうという訳だ」

「なるほど。わかりました」

「では、準備をして来てくれ。私は先に外の馬車で待っている」

「早急に済ませます」

頭を下げてレオルドは部屋を出て行こうとドアノブに手を伸ばした。

その時、ふと思い出してベルーガの方に振り返る。

「そういえば、母上達はこの事を知っているのですか？」

「うむ。既に知っている。だから、お前の説教はほんの少しで終わったんだぞ」

ほんの少しが小一時間というのはどうかと思うがレオルドは自業自得なので何も言えない。

ただ出来る事ならば助けて欲しかったとベルーガにジト目で問い掛ける。

「それなら少しくらいは庇ってくれても良かったのでは？」

それを聞いたベルーガはフッと鼻で笑い、レオルドへ逆に問い掛けた。

「私が怒っているオリビアを止められるとでも？」

「……それもそうですね」

「だいたい、お前が無事だという一報を怠ったのが悪いのだから甘んじて受け入れろ」

「…………チッ」

「あっ！　おい！　今舌打ちしただろ！」

捕まる前にレオルドはそそくさと逃げる。扉が閉まり、レオルドの姿もなくなった部屋にはベルーガが一人残された。最後にレオルドが舌打ちをしたので思わず立ち上がっていたベルーガは溜息を吐きながら椅子に腰を下ろす。

「はあ～～～。全く、レオルドめ。昔と変わっておらんではないか……」

愚痴を吐いているがベルーガの顔は笑っている。先程のレオルドは明らかにダメな態度ではあったが、酷く懐かしいものを感じた。

かつて金色の豚と揶揄されていた時と同じ態度であったが、今はそこまで不愉快ではない。

「ふっ……。随分と懐かしいものを感じるな」

子供の成長とは早いものだとしみじみ思うベルーガは過去に思いを馳せるように天井を仰ぎ見た。

ベルーガのもとから逃げ出したレオルドは王城へ向かう支度を済ませて用意されている馬車へ向かう。その道中、暇を持て余していたように散歩をしていたシャルロットと遭遇する。

「あら、おめかしなんてしてどこかに行くの？」

「ああ。王城の方にな」

「あー、戦争の件で呼ばれたわけね」

「そうだ。まあ、褒賞についてだろう」

「なにをくれるのかしらね～？」

「さあな。無難に爵位と領地と金銭あたりだろう」

「領地ってどこがあるのよ？」

「ほら、俺が証拠を集めて王国を裏切った連中のところだよ。ゼアトの周辺だから取り込もうと思えば取り込めるんだ」

「あ～、そういう事ね。じゃあ、また領地改革で大変な事になりそうね」

「そうなるな。だが、俺としては有り難い。まだやりたい事があるからな！」

「そう。まあ、その時は私も手伝ってあげるわ」

「いつも助かる。ありがとな」

「いいわよ、別に。見ていて楽しいもの」

ヒラヒラと手を振りながらシャルロットはレオルドと別れる。レオルドは少しだけ歩く速度を上げて、外の馬車で待っているベルーガのもとへ向かった。

「遅かったな、レオルド」

「申し訳ありません。少々、シャルロットと話していたので」

「そうか。まあ、シャルロット殿が相手なら仕方がないか。では、行くぞ」

「はい」

二人が馬車に乗り込むのを確認した御者が馬を走らせる。

それから、王城へ向かう途中、馬車の中でベルーガはレオルドに尋ねた。

「ところでレオルドよ。お前は結婚する意志があるのか？」

「急になんです？」

「いや、聞いておかねばならんと思ってな」

「はあ。そうですか。まあ、人並み程度にはあると思いますよ」

「そうか。なら、言っておくが今回お前には王家から婚姻の話を持ちかけられる事になるぞ」

「え？　それはなぜです？」

「お前の功績があまりにも大きいからだ。爵位、領地、金銭。これらを以てしてもお前の今回成した功績に報いる事は出来ない。ならば、どうするか。答えは簡単だ。尊き血である王家との婚姻しかない」

「おお……」

「まあ、予想だがな。で、だ。レオルドよ。お前はもし王家との婚姻を持ちかけられたらどうするつもりだ？」

「それは……」

頭の中ではシルヴィアの顔がチラついているレオルド。

どう返答したものかと悩んでいたら、ベルーガはレオルドが悩んでいるのを見抜いて助言をする。

「王家との婚姻が嫌なら断っても問題はないぞ」

「えっ!?　父上。流石にそれは不敬では？」

王家との婚約は大変名誉なものであり、貴族にとっては断れるようなものではない。

ただし、レオルドは一度自身の過ちから婚約破棄をしているので躊躇われる。

「通常ならばそうなのだが、お前は特殊すぎる。今回の戦争でお前が見せたものはあまりにも大きいのだ。既に報告書を読んでいると思うがゼアト防衛戦は圧勝だ。被害もほとんどなくな。その結果が生まれたのはお前のおかげという事は周知の事実になっている」

「いや、まあ確かに圧倒的な戦果だとは思いますが、そこまででしょうか……？」

「武力、知力を示した救国の英雄であるお前は王家と対等とまではいかないがある程度のことは見逃されるはずだ。だから、もしお前が好きでもない相手との結婚が嫌なら断っても構わない。王家もお前の反感を買いたくないだろうからな」

「へえ～……」

「だから、よく考えておくんだ。今後の身の振り方を」

「は、はい。わかりました……」

そう言われても現実味が湧かないレオルドはぼんやりとしながら馬車の窓から外を眺める。

王城へ辿り着いたベルーガは別の案件もあって王城に来たらしく、レオルドは一人で国王のもとへ向かい、褒賞について話し合う。

「良く来てくれた、レオルド。さあ、座ってくれ」

言われた通りにレオルドは国王の前に座る。お互い椅子に腰掛けながら向かい合う形になる。

神妙な面持ちでレオルドは国王へ確かめるように王城へ呼んだ理由を問い質す。

「それで陛下。この度は何のご用件でしょうか？」

「うむ。恐らくお前も予想していると思うが、今回お前を呼んだのは戦争でお前が成した功績についてだ」

「はあ。やはりそうですか」

予想というよりはベルーガに言われていた通りなのでレオルドは特に驚くようなこともなかった。

「それでレオルドよ。私はお前の功績に対して爵位と領地と金銭を考えている。まず、爵位についてだが辺境伯に命じようと思っている。そして、領地だが今回の戦争で帝国からゼアトに面している領地を譲ってもらうことができた。そこをお前に任せよう。次に金銭だが戦争で捕らえた帝国軍兵士の身代金から一部をお前に渡そうと考えている」

「なるほど。かなりのものですね。しかし、若輩者である私にそこまで与えてもよろしいのでしょうか？」

「他の者から反感を買うと思っているのだろうが、心配することはない。今回の戦争に参加した貴族はお前を敵に回してはいけないと肝に銘じているだろうからな」

「そうですか……。それなら安心ですかね」

「ああ。それと後一つあるのだが……」

「王家との婚姻でしょうか？」

「これも予想していたか……。その通りだ。お前には我が娘と婚姻を結んでもらいたい。とはいっても強制ではない。この際だからはっきりと言うが私としてはお前の意思に委ねようと思っている。それだけのことを成したのだからな。それに好きでもない相手と結婚するのは嫌だろう？」

「……陛下」

「なにか物足りないなら付け足そう。なにが望みだ？　私が叶えられる範囲でならなんでも聞いてやろう」

　破格の条件であったがレオルドにとっては大した魅力ではない。すでにレオルドはある程度のことならば自力でどうにかできるからだ。

「特に望みはありません。充分な報酬を頂けるので、それ以上は望みすぎでしょう」

「殊勝な事を言うな、お前は。だが、それが今のお前なのだな」

「はい」

「では、これで終わりとしよう。宰相と纏めておくのでお前はもう帰ってもいいぞ」

　そう言われたのでレオルドは立ち上がり、部屋を後にしようとしたのだが、どうしても気になってしまう事があり国王へ問い掛けた。

「陛下……。その、シルヴィア殿下は今回の件について何か言ってなかったのでしょうか？」

突然、おかしな事を聞かれるものだから国王は鳩が豆鉄砲を食らったように固まってしまう。

しばらく国王は思考が停止していたが、ようやくレオルドの言葉を理解して思考を再開する。

「はっ……。今、シルヴィアの事を言ったのか？」

「ええ、はい……」

「どうして、そのような事を訊く？　お前はシルヴィアの事を避けていただろう？」

「まあ、そうなのですが……」

「今更どうしたと言うのだ？　まさか心変わりでもしたか？」

「……わかりません。ただ、シルヴィア殿下の事は嫌いではありません」

「つまり嫌いではないが好きでもないと？」

「いえ、既に答えは出ております」

「なに!?　それは誠か？」

国王はレオルドの心変わりに困惑していた。以前、レオルドの心情を聞いているのでシルヴィアに好意を抱く事はないと思っていた。

しかし、今回レオルドの口から出てきたのはシルヴィアについて。しかも、恥ずかしそうに顔を赤く染めており、明確な好意の表れに国王は戸惑いを隠せない。

「いつの間にか私の大切な人たちの中に殿下がいたのです。臣下だとか王家だとか抜きで私は殿下をお守りしたいと思いました」

「そうか……。そのように思っているのか。私としては言う事はあまりないが、シルヴィアがどう思っているかは別だ」

「それは……」

「……レオルド。一度ゆっくりシルヴィアと話すといい。どのような結果になろうとも私はお前を責める事はない」

「陛下……。感謝します。それでは」

「ああ。答えが出たら私の元へ来い」

「はっ！」

パタンと扉が閉まる音を聞いて国王はふう、と一息吐く。

「やれやれ、ようやくか。あとは若い二人に任せよう」

困った様子の割には国王の顔は笑っていた。

どこか楽しそうに鼻歌を鳴らしながら国王は宰相を呼び寄せてレオルドの褒賞について

纏める。

その際、ご機嫌だった国王を不気味に思っていた宰相はどうして機嫌が良いのかと聞く事はなかった。下手に刺激すると話が長くなりそうだと長年の経験から確信していた宰相である。

シルヴィアと話し合う事を決めたレオルドは王城の中にいる彼女のもとへ向かう。

使用人にシルヴィアの居場所を尋ねると、今の時間帯は中庭にいる事が多いと言うのでレオルドは中庭を目指す。

中庭では東屋(あずまや)でシルヴィアとレベッカ、それから侍女の三人がゆったりと寛(くつろ)いでいた。

レオルドは緊張を解(ほぐ)すように一度息を整えてから三人に歩み寄る。

「こんにちは。シルヴィア殿下、レベッカ殿」

「あら、レオルド様？　どうなされたのです？　確か、今の時間は陛下と話しているはずでは？」

「そちらについては既に終わりました。今は殿下と話したいことがございまして……」

そう言いながらレオルドはレベッカと侍女に目配せをする。

レオルドの意図に気がついた二人はシルヴィアに一言告げてから、その場を去る。

去り際にレベッカはレオルドに小さな声で語りかけた。

「レオルド閣下。貴方(あなた)がどのような決断を下そうとも私はその決断を尊重します。どうか、後悔なきよう」

「ありがとう。私の気持ちを酌んでくれて」

「いえ。それではごゆっくり」

去っていくレベッカの背中をしばらく見詰めた後、レオルドはシルヴィアと向き合う。

「殿下。座っても？」

「ええ。どうぞ」

目の前に座るレオルドの表情は真剣そのもの。

シルヴィアはいつもの雰囲気とは違うレオルドに思わず緊張してしまう。

（つ、ついにその時がやってきたのでしょうか！　はわわ！　冷静に、冷静にならなければ！）

いよいよ二人の関係も大詰めである。すでに答えは出ているようなものだが。

しばらく二人の間に静寂の時が流れる。どちらも言葉を発さず、ただ黙っているだけ。しかし、いつまでも黙っているわけにはいかない。意を決したレオルドが遂(つい)に口を開いた。

「殿下。先日の件でお話ししたいことがございます」

「先日の件というと……あのことですか」

シルヴィアの息を呑む音がはっきりとレオルドの耳に届いた。

いよいよこれまでの関係に決着をつける時がやってきたのだ。

レオルドは腹を括って思いの丈を伝えることにした。

「シルヴィア殿下。ほんの少しだけ私にお付き合い願えないでしょうか？」

そう言って立ち上がったレオルドは向かい側にいるシルヴィアへ手を伸ばす。

断る理由もないシルヴィアはレオルドの手を取り、同じように立ち上がった。

「喜んでお付き合いさせて頂きます」

「ありがとうございます。では、少し歩きましょうか」

レオルドはシルヴィアの手を引いて中庭を歩き始める。

王城に勤める庭師によって整えられた美しい中庭を二人並んでゆっくりと歩く。

シルヴィアの手を握ってレオルドは中庭に咲く花々を目にしながら、ぽつりぽつりと昔を思い出すように語り出す。

「殿下。覚えておられますか？　私と初めて会った時のことを」

「ええ、勿論です。レオルド様が金豚と呼ばれ始めた頃ですわね」

「お恥ずかしい限りです。本当にあの時はどうかしていたと思います。今でも当時、迷惑を掛けた者達には申し訳なく思っておりますよ。きっと、永遠に許されることはないでしょうね。私がどれだけこの先、善行を重ねようとも……」

そのようなことはない、とシルヴィアは言いたかったが被害者のことを思えば口には出来ない。

「ですが、レオルド様は変わられましたわ。それもいい方向に」

「そうですね。そのおかげでこうして殿下とお近づきになれたのですから、頑張った甲斐がありました。まあ、何度か死にそうにはなりましたけどね」

おどけたように語るレオルドだが、心配していたシルヴィアとしては笑い話ではない。

「思えば、この数年で沢山のことがありましたね……」

レオルドが変わる切っ掛けとなったジークフリートとの決闘。

そして、敗北からハーヴェスト公爵家次期当主の座を剝奪され、ゼアトへの幽閉。

人が変わったようにレオルドがダイエットに励んでいると、次から次へと襲い掛かる問題。

ワイバーンの討伐に水不足、果てにはモンスターパニックという大災害まで。

数多くの困難が立ちはだかり、レオルドはその度に頭を悩まされ、苦難に見舞われた。

その度に知恵と努力で乗り越え、今の地位や名誉を手に入れたのだ。

しかし、注目を集めた結果、レオルドはシルヴィアに目を付けられたのである。

当時のレオルドは悪評ばかりで碌な人間ではなかった。

だからこそ、急に人が変わったように活躍するレオルドにシルヴィアは興味を抱いた。

最も信頼するイザベルをレオルドのもとへ派遣し、行動を逐一報告させていた。

イザベルからの報告を聞いて、シルヴィアはレオルドへの興味が尽きず、モンスターパニックの功績を称えて王都に来た際、自ら近付いた。

その際にレオルドの人となりを知り、益々興味が湧いてしまい、思わずからかってしまったのだ。

ただ、それが原因でレオルドがシルヴィアに苦手意識を持ち、避けられることになってしまった。

そのせいで婚姻を断られそうになり、シルヴィアは己の過ちを激しく後悔したのは今でも鮮明に覚えている。

それから、母親にアドバイスを求めて、レオルドへの嗜虐心を抑え、出来るだけ好印象を与えるように振舞ってきた。

その甲斐あってレオルドとの仲は深まり、今こうして手を繋いで中庭を歩いている。

「もう数年前のことなのに昨日のように思い出せます」

「ふふ、そうですわね」

「モンスターパニックの功績を称えられ、王都に戻ってきた際にシルヴィア殿下が態々私のもとまで来た時は心臓が破裂しそうでしたよ」

「それはいい意味で、でしょうか？　それとも――」

「誤魔化してもバレてしまうでしょうから、正直に言いますと悪い意味です。無礼を承知で言わせてもらいますが、王家の、しかも聡明で切れ者だと噂をされているシルヴィア殿下ですよ？　絶対に碌なことではないと思いましたよ」

「まあ！　正直ですね。ですが、そう思われても仕方がないことをしたと自覚はしておりますよ」

「やはり、そうでしたか。まあ、王家直属の諜報員であるイザベルが私のもとに来た時から、目を付けられていることは知っていましたが」

「ふふふ。当時はとても楽しかったですわ。勿論、それは今も変わりませんが」

　当時のやり取りを思い出してシルヴィアは朗らかに微笑む。

「こちらとしては本当に勘弁願いたいものでしたけどね」

　当時のレオルドからすればシルヴィアは厄介な存在でしかなかった。

「それはこちらも同じことでしたわ。私達からすれば、まるで中身が入れ替わったかのように変化したレオルド様は得体の知れない恐怖そのものでしたから」

「……まあ、言われてみればそうですね」

　シルヴィアの言い分は正しい。突然、人が変わったように活躍するレオルドは不気味なものでしかない。王家であろうとなかろうと監視を送るのも無理はないだろう。

「もっとも今となっては杞憂でした。今やレオルド様は護国の英雄。王家の一員として、国民の一人として私はレオルド様に感謝をしております」

「過大評価だと言いたいところですが、客観的に見ればその通りなのでしょう」

「謙遜することは美徳でもありますが過ぎれば嫌味にしかなりませんからね」

「そうですね。そろそろ私も自分の立場を理解し、それ相応の振る舞いをしなければならないでしょうから。これから大変です」

「今まで以上に忙しくなりそうですわね……」

今回の戦争で多大な功績を残したレオルドには国王から相応の報酬が用意されている。最早、誰もが想像できることだ。地位、名誉、富、そして王家との婚姻。

「ええ。これから大忙しです。領地の改革もまだ残っていますから、時間がいくらあっても足りません。勿論、人の手も足りません」

思えば、レオルドがいつも人手を欲していた時に助けてもらったのがシルヴィアだった。王都で人材探しと称して、デートをしていたのは記憶に新しい。

彼女のおかげで良き巡り会わせにも恵まれた。

今回の戦争でも彼女が貸してくれた部下に助けられた。

本当に頭が上がらない。自分こそシルヴィアに感謝の気持ちで一杯だ。

レオルドはゆったりと歩いていた足を止めてシルヴィアへ顔を向ける。

「殿下。しばし、ご無礼をお許しください」

そう言ってレオルドはうやうやしくシルヴィアの前に片膝をつき、彼女の手を取ったまま真剣な目を向けた。

「シルヴィア。君が好きだ。どうしようもないくらい君を愛している。どうか、俺と結婚をしてくれないか？」

シンプルイズベスト。回りくどい言葉を使わず、レオルドは真っ直ぐにシルヴィアへ愛を告げる。

まるで世界が歓喜するように一陣の風が中庭を吹き抜け、花びらを舞い散らせた。

幻想的な光景の中でシルヴィアの返事をレオルドはただ待ち続けた。

一秒か、十秒か、それとも一分が経っただろうか。レオルドはジッとシルヴィアを見詰めていた。

「どれだけ……どれだけ、その言葉を待ちわびていたでしょうか」

ぽつりと心情を零してしまうシルヴィア。

本当なら今すぐにでも返事をしたいのだが、どうしても確かめたいことがシルヴィアにはある。

それを知らなければ、シルヴィアは返事をすることが出来ない。

「レオルド様は私のどこがお好きなのですか？」

不安で、心配で、怖くて、堪らないのだ。シルヴィアはレオルドの気持ちをはっきりと聞いた今でも、この現実が嘘ではないのかと怯えている。

「どこが好きか、か……。そうだな、俺は最初、シルヴィアのことが苦手だったな。俺を弄び、楽しむように虐めてくるのが無理だった。だから、距離を置こうとしたんだ。でも、そこからだ。シルヴィアと関わり始めたのは……」

今でも思い出せる。レオルドはシルヴィアとの始まりを。

「苦手だからとなるべく関わるのを避けてたが王女と臣下だ。だから、極力関わらないようにしてたのに、何をどう思ったのか知らないがグイグイと距離を詰めてきやがる。最初は本当に警戒したさ。何を企んでるんだろうって。でも、一緒に過ごしていく内に少しずつだが分かってきたことがあるんだ。最初は苦手だと思っていた彼女もそう悪くないって……」

母親の助言に従い、シルヴィアがしてきたことは無駄ではなかった。

レオルドの心を動かすには十分すぎるものであったのだ。

「それからだったかな。一緒にいる時間が心地いいと思い始めたのは。ふとした瞬間に見せる年相応の可愛らしい笑顔を見る度に何度も心を揺さぶられた。ちょっとした意地悪をして、いたずらっ子のように笑う姿を微笑ましく感じた。思い出せば、いくらでも蘇る記憶ばかりだ。苦しかったこと、辛かったことも沢山あったが、それと同時に楽しかったこと、嬉しかったことも沢山あった。その中にどれだけ君の姿があったことか……」

かつて過ごしたシルヴィアとの日々に思いを馳せ、レオルドはほんの少しだけ目を閉じてから言葉を続ける。

「今ならはっきりと言える。あの時間はかけがえのないもので、とても幸福であったと」

偽りのないレオルドの本心からの言葉であった。

「そして、同時にこう思ったんだ。これからの未来を……君と過ごしていきたい、と」

ありきたりで陳腐なセリフであるが、レオルドの真っ直ぐな思いがシルヴィアの胸に刺さる。

「だからこそ、もう一度伝えよう。シルヴィア、俺と結婚してくれないか？」

全ての想いを伝えたレオルドは最後にもう一度プロポーズをする。

レオルドのプロポーズを受けてシルヴィアは涙を流しそうになる。

しかし、まだ泣くわけにはいかない。

伝えなければならない言葉があるから。

シルヴィアはレオルドの目を見詰めて、はっきりと告げる。

「レオルド様。私で良ければ、どうか末永くお願いします」

幸福の涙を流しながらシルヴィアはレオルドのプロポーズを受けた。

答えを聞いたレオルドはシルヴィアの目を真っ直ぐに見詰めて返事をする。

「俺は不甲斐ない男だ。これから先、君を泣かせないと誓いたいが、それは難しいだろう。だから、せめてこれだけは約束する。絶対に幸せだったと最期に言わせせよう」

「それは楽しみですわね」

レオルドの宣言にシルヴィアは涙を流しながら微笑む。

世界中の誰よりも美しく、幸せそうな笑顔がそこにはあった。

晴れて結ばれる事になった二人。だが、まずやるべき事がある。

それは婚約したという報告だ。レオルドは国王から自由に結婚してもいいというお墨付きを貰っているが、報告はしなければならない。たとえ、相手が平民だろうと王族だろうとも。

レオルドは国王に報告に行かなければならないと思いつつ、泣いているシルヴィアが泣き止むまで待ち続けた。

ようやく泣き止んだシルヴィアだが化粧が崩れてしまったので国王へ会う前に直す必要がある。

シルヴィアも化粧が崩れている事を自覚しているのでレオルドに見られるのが恥ずかしくて顔を隠すように手で覆う。

すると即座にレオルドは立ち上がり、大きな声で人を呼んだ。

「すまない。誰か来てくれ！」

その声を聞いた侍女とレベッカが二人の元へ戻ってくる。二人はシルヴィアが顔を隠していることに気が付くと、レオルドの方へ顔を向けて事情を訊いた。

「なにがあったのですか？」

「詳しいことは後で説明する。今は殿下を」

なにも教えてはくれなかったがレオルドの言うとおり、まずはシルヴィアの方が優先である。

「殿下。一先ずこちらへ」

「ごめんなさい。手間を掛けさせてしまって」

「お気になさらず」

「私の部屋まで連れて行ってくれるかしら？」

「仰せのままに」

レベッカと侍女がシルヴィアを連れて部屋へ戻っていく。

一人残ったレオルドは三人を見送ると、近くの椅子に腰を下ろして大きく息を吐いた。

「ぶはーっ！　緊張した……」

先程までの毅然としたレオルドから一変して普段のレオルドに戻る。見るからに無理をしていたのかレオルドの額から汗が滲み出ていた。

「やっぱ……！」

額から汗が滲み出ている事に気が付いたレオルドは汗を拭うと襟を緩めてだらしない格好をする。

まるで窮屈な世界から解放されるようにレオルドはだらけた。

「ふう…………」

物思いに耽るレオルドはぼんやりと中庭に植えられている花を見詰める。

しばらく、じっと見詰めていたレオルドはみっともないくらいに顔がニヤける。

「可愛かったな……」

思わずポツリと心の内を零すレオルド。

可愛かったというのは恐らく、いや、十中八九シルヴィアのことであろう。

運命48でも屈指の人気を誇っており、この現実世界でも類を見ないほどの美少女であるシルヴィアだ。しかも、自分に好意を抱いているのだから嬉しくないわけがない。

「さて、殿下の所へ行って陛下に報告しますかね」

一世一代のプロポーズも終わり、緊張も完全に解けたレオルドは陽気に立ち上がりシルヴィアのもとへ向かう。

そして、シルヴィアはというと侍女に化粧を直してもらっている最中だ。

その際シルヴィアが一切喋らないので部屋の空気は重苦しい。

ようやく化粧も直し終わり、沈黙していたシルヴィアが口を開いた。

「ねえ、聞いて、聞いて！　私、レオルド様にプロポーズされてしまったの！」

過去最高にテンションの高いシルヴィアを見てレベッカと侍女の二人はお互いに顔を見合わせて、もう一度シルヴィアの方に顔を向ける。

やはり、そこには少女漫画のようにキラキラとエフェクトがかかった歓喜の表情を浮かべているシルヴィアしかいない。

「はあ〜〜〜っ！　今日はなんて素晴らしい日なのかしら！　人生で一番嬉しいわ！」

「え〜っと、殿下？」

「な〜に？　レベッカ」

「その中庭ではレオルド閣下となにを話していたのですか？」

一応、念のために確認を取るレベッカは恐る恐るといった感じでシルヴィアに質問する。

「ふふっ。さっき言ったじゃない。レオルド様にプロポーズされたって」

「それはおめでとうございます。殿下、それにしても良かったですね。一時はどうなることかと思いましたが、まさか交際を飛ばしてご結婚とは。レオルド閣下も思い切ったことをしますね〜」

「ええ、そうね。私も最初は自分の耳を疑いましたもの」

「でも、幻聴でもなかったのですね」

「ええ！　本当にレオルド様からプロポーズされたの！　妄想でも夢でもない現実で！

今なら理解りますわ。御伽噺の白馬の王子様に憧れる子達の気持ちが。自分が当事者になるなどとは思いもしませんでしたけど、これほどまでに嬉しいものなのですね！」

「どうか、そのお気持ちを大事にしてください」

「わかっていますわ。この気持ちはずっと忘れません」

大事そうに自身の胸を抱えるシルヴィア。慈しむように微笑むシルヴィアの神々しい雰囲気にレベッカと侍女は言葉を失うほどであった。

丁度その時、部屋の扉がノックされる。

コンコンという音を耳にして我に返った侍女が応対に向かう。

「はい。どちら様でしょうか？」

「失礼。レオルド・ハーヴェストです。そちらにシルヴィア殿下はおられますか？」

「少々お待ち下さい」

侍女はドアから離れてシルヴィアの方へ向かう。

「殿下。レオルド伯爵閣下がお見えになりました」

「レオルド様が!?　すぐに中へお通しして」

「はい。畏まりました」

シルヴィアにレオルドを部屋の中へ通すように命じられた侍女はドアを開けてレオルドを部屋の中へと招き入れた。

部屋の中へ案内されたレオルドは化粧を直したシルヴィアへ顔を向ける。目が合うシルヴィアは先程の事を思い出したのか、恥ずかしそうに顔を赤く染める。

「殿下。先程の事は二人に話したのですか？」

「え、ええ？　もしかしてダメだったのでしょうか？」

「いえ、そのようなことはありません。いずれ知ることになりますから。それが早まっただけでしょう。何も問題はありません」

勝手に喋ってしまったことを怒られるかと思ってしまったが、レオルドが特に気にしていないのが分かりシルヴィアはホッとする。

「それでは殿下。陛下へご報告に行こうと思うのですが準備はよろしいですか？」

「は、はい！　いつでも行けますわ！」

まるで戦にでも臨むかのように気合十分のシルヴィアを見てレオルドはクスリと小さく笑ってしまう。それを見たシルヴィアがどうして笑ったのかと訊いた。

「な、なにがおかしいのですか？」

「いえ、これは勘違いさせて申し訳ありません。おかしいから笑ったのではなく可愛らしい反応に笑ってしまいました」

「なっ!?」

カアッと顔を赤く染めるシルヴィアは怒ってそっぽを向いてしまう。

「もうっ！　レオルド様なんて知りませんわ！」

プンプンと可愛らしい幼子のように不機嫌なシルヴィアにレオルドは頭を下げて機嫌を直してもらおうとしている。

そんな光景を見せつけられているレベッカと侍女の二人は一体どうしたものかと頭を悩ませる。二人が仲睦まじいのは良いことなのだが、いつまでも見せつけられるのは独り身の女として辛いものがある。

それにレオルドは先程陛下に報告に行くと言っていたので、そろそろ止めに入るべきだろう。レベッカがワザとらしく咳払いをして二人に陛下へ報告に向かわないのかと尋ねる。

「ゴホン。仲睦まじいのは大変よろしいのですが、そろそろ陛下の元へご報告に向かわれてはどうですか？」

レベッカに言われてから二人は思い出した。二人に見られていたということを。気障なところを見られたレオルドは顔を赤く染めてしまう。それを見たシルヴィアは好機と捉えて反撃に移る。

「あらあら、レオルド様。顔を赤くしてどうしたのです？　どこか具合でも悪いのでしょうか？」

我、勝機を得たり。とばかりにシルヴィアはレオルドをからかう。

先程までとは立場が逆転したシルヴィアはまるで水を得た魚のようだ。

「お二人とも。お戯れはそこまでにしてください」

「「は、はい」」

圧の強いレベッカの発言に二人は素直に従う。

反省した二人は気を取り直して国王の元へ向かうことにした。

護衛であるレベッカと世話役の侍女を引き連れてレオルドとシルヴィアは国王の元へ向かう。

道中、言葉を交わすことなくただ無言でゆっくりと歩いていた。

そして、ついに国王がいる部屋の前に着く。

後は報告するだけなのだが、ここに来てレオルドが緊張で動けなくなる。

ドアノブに手を掛けようとしている手が震えており、中々動かない。

「レオルド様」

その時、シルヴィアが安心させるようにレオルドの手を握り優しく名前を呼びかける。

手を握られたレオルドはシルヴィアの方へ顔を向ける。

目が合うシルヴィアはレオルドに笑顔を見せた。

その笑顔を見てレオルドは緊張が解けて落ち着きを取り戻す。

（ふう……。別に戦いに行くわけじゃないんだ。ただ一言伝えるだけでいいんだ。何も難しいことはない）

落ち着きを取り戻したレオルドは深呼吸をしてドアを叩く。数秒して中から声を掛けられる。

「どちら様でしょうか？」

女性の声が聞こえてくる。恐らく侍女が応対しているのだろう。

レオルドは冷静に中にいる侍女へ返答する。

「レオルド・ハーヴェストです。国王陛下に用件があって参りました」

「少々お待ちください」

足音が遠のいていくのがわかったのでレオルドは言われたとおり、しばらく待った。すると、今度は足音が近付いてきた。どうやら侍女が戻ってきたらしく、部屋の扉が開かれる。

「どうぞ、お入りください」

「失礼します」

先にレオルドが挨拶をして中に入り、後に続くようにシルヴィアとレベッカ、それから侍女が部屋へ入る。

「む？　レオルドだけではないのか？」

「ええ。少々陛下にご報告がございまして」

レオルドの隣にいるシルヴィアを見て、国王はどうやら付き合い始めたのだろうと察した。

そんな微笑ましい二人に笑みを浮かべながら国王は座るように促す。

「ふふ、なるほどな。私に話があるのだろう？　まあ、座りなさい。お茶でも飲みながらゆっくり話そうではないか」

機嫌良さそうに国王は二人と対面するように座り、侍女にお茶を持ってこさせる。

シルヴィアの侍女と国王の侍女が二人でお茶を用意している中、護衛であるレベッカとリヒトーは壁際に立って国王とレオルドとシルヴィアの三人を見守る。

二人に見られていることを知りながらもレオルドはシルヴィアとの婚約を認めてもらおうと国王に向かって頭を下げる。

「陛下。この度は私、レオルド・ハーヴェストとシルヴィア・アルガベイン第四王女殿下との婚姻を認めて頂きたく存じます」

「うむ。良かろう」

「やはり、下賤な身である私には畏れ多い事だと思いますが……はえ？」

かつて、元婚約者を襲い、婚約破棄になった身であるがゆえに説得しなければいけない。

そう思っていたレオルドはすんなり承諾された事に驚いてしまい、呆けた声を出してしまう。

「なんだ？　私がダメと言うと思ったか？」

「ええ、その、はい……」

「ははは。まあ、確かにそう思うのは仕方ないことだろう。だが、言ったはずだぞ。私はお前の意志に委ねると。ならば、お前が出した答えを私が否定するはずがなかろう」

「陛下……！　寛大なお心感謝いたします！」

「ふふ。まあ、そう堅苦しくなることはない。これからは家族になるのだからな！」

「え、あ、それはそうなのですが……」

少しだけ笑った国王はレオルドからシルヴィアへ目を向けると嬉しそうに微笑んだ。

「よかったな。シルヴィア」

「は、はいっ！」

国王である父親から祝福の言葉を貰ったシルヴィアは満面の笑みを浮かべるのであった。

その後、とんとん拍子でレオルドとシルヴィアの婚約は決まり、祝勝会で正式に発表する事が決まった。

二人は国王に婚約の報告をした後、談話室でお茶を飲みつつ寛いでいた。

「ところでレオルド様」

「はい。なんでしょうか？」

「レオルド様は側室を作らないのですか？」

「ふぁっ？」

「あら、おかしなことでしたか？　レオルド様の功績を考えるなら側室の一人や二人くらいはいてもおかしくはありませんわ」

「言いたい事はわかるのですが……。殿下はよろしいので？」

「正直に言えば嫌です。私だけを見ていて欲しいという気持ちはあります。ですが、今後の事を考えるならば側室は作っても良いと思うのです」

「な、なるほど……」

ここで久々にレオルドは現代日本と異世界の違いに頭を悩ませる。真人とレオルドが融合して新生レオルドとして長く過ごしてきたが、どうにもまだ価値観の違いがあるようだ。

レオルドとしてはこのままシルヴィアと二人っきりで充分だと考えているが彼女の方は少し違う。

シルヴィアもレオルドと同じ気持ちは抱いているが、今後の将来を見据えるならばレオルドの血は絶やすべきではないと考えている。だから、嫌ではあるが側室を作ることも視野に入れている。

「あ、あー、殿下。理由はまあなんとなく分かりますけど私は別に殿下さえいればいいと思ってるのですが」

シルヴィアさえいればいい、とレオルドが言うのでシルヴィアは胸が高鳴り、嬉しくなる。

しかし、どうしても考えてしまう。跡継ぎを産む事ができなかったらどうしようかと。

「レオルド様……。大変嬉しい限りなのですが万が一ということもありますので」

「っ……！」

レオルドも子供ができない可能性を危惧しているのを察してしまい言葉を失う。

「殿下……。それは流石に早計すぎでは？」

「そうかもしれませんが、なにがあるかわかりませんので」

「ですが……っ！」

「安心してください！　確かに側室をと言いましたが私が見てレオルド様に相応しいと思う人物だけですので！」

「………ちなみに一つ聞きたいんですけど、現段階で考えてる人とかいます？」

「はい。シャルロット様ですわ！」

「おひゅっ……！」

側室の話をしていてとんでもない名前が出てきたことにレオルドは驚きを隠せない。確かにシルヴィアのお眼鏡に適う人物だと言えるだろう。間違いなくシャルロットならば誰も文句は言わない。

「シャ、シャルですか。ははは。まあ、確かに彼女ならば問題はなさそうですが流石に結婚はしないでしょう」

「そうでしょうか？　あっさりと承諾してくれそうな気がしますが……」

「いやいや、ありえませんって。あいつは知的好奇心から私に近付いてきた物好きな人間なので結婚とか興味ないでしょうから。はっはっはっはっはっは！」

そう言って有耶無耶にしようと笑うレオルドを見て、シルヴィアは本当にそうなのだろうかと疑問を抱いた。だから、本人に直接聞く事にした。

「でしたら、ご本人に聞いてみましょう！」

「ほへ……？」

「さあ、善は急げですわ！　レオルド様！」

「いや、ちょ！　待って！　待って、シルヴィア！」

とんでもない事を言い出して歩き始めるシルヴィアに焦ってレオルドは思わず呼び捨てにしてしまう。しかし、シルヴィアは呼び捨てにされた事など気にしておらずどんどん突き進んで行く。

「シャルロット様はハーヴェスト公爵家に滞在していますか？」

「ええ。いますが……殿下。待ってください！　本気でシャルに問うつもりですか？」

「勿論ですわ！」

（こりゃアカン）

恐らくこれ以上なにを言っても止まる事はないだろうと確信したレオルドは諦める事に

した。

どうなるかは分からないがレオルドは流れに身を任せてシルヴィアと一緒に実家へ戻る事になる。

転移魔法陣を用いて実家へ戻ってきたレオルドはシルヴィアと一緒にシャルロットを探すのだが、その前に婚約したという事をレオルドは家族に報告する事にした。

「殿下。シャルを探す前にまずは家族へ殿下と婚約を結んだ事を報告したいのですが、よろしいでしょうか？」

「あ、は、はい！　そうですわね。丁度いいですから挨拶に行きましょう」

レオルドに言われてからシルヴィアもここがレオルドの実家だという事を思い出す。シャルロットのことばかり考えていたが、良く考えてみれば婚約者の実家だ。これからレオルドと一緒に挨拶をしに行くと考えるシルヴィアは途端に恥ずかしくなってしまい顔を赤く染める。

「殿下？　今更照れてるのですか？」

「〜〜〜っ！　ち、違いますわ！」

「いや、流石に丸わかりですって……」

「うぅぅ〜〜〜！　だって、その突然すぎますもの。こういうことはもっと段階を踏んでから行うものであって、こんな急にするものじゃないはずですのに」

「それはそうなのですが、殿下がここまで突っ走ってきたんじゃないですか」

「あぅ……。日を改めませんか？」

「まあ、私はいいですけど」

と、二人が踵を返そうとした時、タイミング良くシャルロットが現れる。

ただし、シルヴィアにとっては些かタイミングが悪かった。

二人の事情など知らないシャルロットはレオルドとシルヴィアに気がついて二人に近付いた。

「あら、二人してこんなところでなにしてるの〜？」

普段と変わらぬ様子でシャルロットが気軽に話しかけるが、二人は顔を見合わせてどう切り出したものかと悩んでしまう。

しかし、ずっと喋らないのも変なので仕方なくレオルドが適当に話題を振った。

「まあ、色々あってな。帰ろうとした時に殿下とたまたま出くわしてお茶でもと誘ったんだ」

「ほんとに？　嘘でしょ？　だって、レオルドがそんな風にシルヴィアを誘うなんて想像出来ないわ。適当なこと言って誤魔化そうとしてない？」

「ぐ……そのとおりなんだが今回はな。勇気を出したんだよ」

「へえ～……。まあ、そういうことにしておいてあげるわ」

完全に嘘だとばれているようでレオルドは何とも言えない表情になった。

その横でレオルドの拙い嘘に苦笑いを浮かべているシルヴィアはシャルロットへ目を向ける。

「シャルロット様。実はとても大切なお話があって今日はお邪魔させていただきました」

「で、殿下!?」

折角、誤魔化そうとレオルドが嘘をついたのにシルヴィアは台無しにしてしまう。

だが、その瞳には確かな覚悟が宿っていた。ここでシャルロットにシルヴィアはレオルドと結婚する意志があるかどうかを確認しようと言うのだ。

「そう。じゃあ、悪いんだけどレオルドはちょっとどこかに行っててもらおうかしら」

「は？」

呆けた声を出すレオルドは瞬きする間にシャルロットの転移魔法によってどこかへ飛ばされてしまう。レオルドがいなくなり、二人きりとなってしまったシルヴィアはシャルロットへレオルドをどこに飛ばしたのかを訊いた。

「あのレオルド様はどこへ？」

「心配しないでいいわ。レオルドならいつも私達が訓練で使ってる無人島に送っただけだから」

「それは本当に大丈夫なのでしょうか？」

「平気、平気。島には食べ物も飲み物もあるし、それに何日もかかるわけでもないでしょう？」

「ふう。そうですわね。確かに何日も時間がかかることはありませんから」

シャルロットがなにを言いたいのかを理解したシルヴィアは一息吐いて返答する。

「それじゃあ、私の部屋に行きましょうか」

そう言ってシャルロットはシルヴィアの手を摑むと転移魔法を発動させる。瞬く間にゼアトの屋敷にあるシャルロットの部屋へ移動したシルヴィア。

驚いてしまうがシルヴィアは、これがシャルロットなのだと理解する。

「防音結界も張ったし、ドアにも鍵を掛けてあるから誰も入って来られないわ。さあ、話してもらおうかしら。シルヴィア」

シャルロットは部屋の中にある椅子へ優雅に腰掛けるとシルヴィアに微笑んだ。シルヴィアは数々の貴族と話し合いをしてきたが、人生で最も緊張する瞬間が幕を開けたことに息を呑む。

「では、早速本題に入らせていただきます。本日、私、シルヴィア・アルガベインはレオルド様と婚約する事になりました」

「へえ～。良かったじゃない。レオルドのこと好きだったんだから念願叶って嬉しいんじゃない？　なのに、どうしてそんなに真剣な目で私を見るのかしら？」

「シャルロット様の仰るとおり、今日は人生で一番嬉しい日だと思っております。しかし、婚約したからと言って終わりではありません。むしろ、これからが始まりだといっても過言ではないでしょう」

「まあ、そうね。これから色々と大変そうよね」

「はい。私も王族として教育は受けておりますから」

「それで？　なにが言いたいの？」

「……レオルド様と婚約していただけないでしょうか？」

しばらく静寂の時が流れる。シルヴィアの言葉にシャルロットは沈黙するが目はシルヴィアから離さない。対してシルヴィアも冷たい目を向けるシャルロットから目を背けない。そうして、少しの間見詰め合っていたシャルロットが溜息を吐いてシルヴィアに問い掛ける。

「ねえ、シルヴィア。貴女、なにを焦っているの？」

「焦ってなどいませんわ。私は――」

「今は正直になってもいいのよ。私しかいないんだから」

「なにを仰っているのか私には見当が――」

「シルヴィア。落ち着きなさい」

言われてから自分が酷く動揺して震えていることに気がついてシルヴィアはゆっくりと息を吐く。

「落ち着いたかしら？」

「……はい」

「じゃあ、もう一度聞くけどなにをそんなに焦っているの？」

焦っていると言われると確かにシルヴィアは自分が焦っている事を自覚する。

なにせ、一度は諦めた恋が実ってレオルドと婚約したのにシルヴィアは既に将来の事を見据えてシャルロットを側室にしようとしているのだ。

シルヴィアは嫉妬深いため、独占欲にかられてレオルドを独り占めにするはず。

しかし、そのような事をしないというのはシャルロットの目から見ればおかしいと感じるのは当然だろう。それこそなにかに焦っているかのように見えても不思議な事ではない。

「私は焦っているのでしょうか……？」

「ええ。私から見れば物凄くね」

「そうでしょうか……。いえ、そうなんでしょうね」

「ほら、遠慮しないで、吐き出しなさい。貴女の胸の内にある思いを」

まるで母親のように優しく導いてくれるシャルロットを見てシルヴィアはポツリポツリ

と胸の内に隠されていた思いを口にしていく。

「私はいつかレオルド様がどこか遠くへ行ってしまうのではないかと思ってしまい、怖いのです」

「それは……」

シャルロットはシルヴィアの言葉を否定する事が出来ない。何故ならば、レオルドがそう遠くない未来で死ぬと知っているからだ。勿論、確定しているわけではないが、今のところレオルドが話してくれた運命48と同じ歴史を辿っている事は覆しようのない事実。ならば、レオルドの死も起こりうる可能性は大いにある。

「勿論、なんの根拠もありません。私の考えすぎに過ぎませんが、どうしても思ってしまうのです。レオルド様はいずれ私の手の届かない遠くへ行ってしまわれるのではないかと……」

シルヴィアはどうしても不安が拭い切れない。考えすぎだと自分で分かっていても、一度考えてしまった以上意識せざるを得ない。それに加えてシルヴィアは他にも不安を抱えている。

「それにレオルド様は今や時の人。レオルド様と繋がりを持とうと国中から、いえ、世界中から多くの人が押し寄せてくるでしょう。その中には私などよりも魅力的な女性がいてもおかしくありませんわ」

「まあ、そうよね～。正式に発表したとしてもレオルドに近付きたいって人間は沢山出てくるでしょうね。それこそ、貴女一人じゃ捌きされないくらいね」

「はい。そのとおりです」

「だから、私をレオルドと結婚させて防波堤にしようって魂胆だったわけ？」

「……卑怯だとは思いますが、それが最善だと思ったのです。シャルロット様もレオルド様の事を憎からず思っていると思っていましたから」

「そうね～。確かに私はレオルドの事が好きよ。勿論、人としてじゃなく男として。でも、レオルドが国家に所属している以上、私はレオルドと結婚する気はないわ」

「っ……！　それはどうしてですか？」

「国にこき使われるようになるのが嫌だからよ。それに私はね、レオルドの最後の逃げ場所になってあげたいの。レオルドが何もかも嫌になってどうしようもなくなって逃げるしかなくなった時、私が助けてあげられるようにね」

「それでいいのですか？」

「いいのよ。それで」

「私には……そのような考えできません」

「そうね。私だからこそ出来る考えで、私にしか出来ない方法だと思うわ」

自分の力に絶対の自信を持つシャルロットだからこそ至った答え。

他の誰にも真似できないような愛情表現にシルヴィアは言葉を失う。

「……私はどうすればいいのでしょうか？」

「貴女にしか出来ない事を見つけるべきなんじゃないかしら？」

「私にだけ出来る事ですか？」

「そうよ。たとえば、そうね～。貴女が持つ神聖結界でレオルドを守るとか？」

「ですが、それだと多くの方を守れないのではないでしょうか」

「何言ってるの。貴女はレオルドと国民を天秤にかけた時、どっちを取るつもり？」

「そ、それは……」

一国の王女として守るべき国民を選ばなければならないシルヴィアだが、今この場にはシャルロットしかいない。

ならば、本音を出したところで誰かに咎められる事もない。

シルヴィアは少しうろたえてしまったが自分の気持ちを正直に答えた。

「レオルド様ですわ」

「ほら、もう答えなんて分かってるじゃない。シルヴィア、難しく考える必要なんてないの。ただ貴女が思った事をやればいいの」

「私の思った事をですか……」

「そう。それに自信を持ちなさい。他の誰でもないレオルドが貴女を選んだんでしょ？

選ばれたんでしょ？　だったら、もっと自分に自信を持って胸を張りなさい。自分はレオルドに選ばれたんだって」

「あ……」

そう、全く以てその通りだ。

結局、シルヴィアは今のレオルドに対して自分では相応しくないと考えていた。

華々しい功績を挙げるレオルドに比べてシルヴィアは神聖結界で王都を守護しているだけに過ぎない。

しかし、それでも王都に住む人々の安全をシルヴィア一人が守っていたのだから充分である。

「私でもいいのでしょうか？」

「今更、それを私に聞く？　レオルドが貴女を選んだんだからいいのよ。さっきも言ったけど、もっと自分に自信を持ちなさい。そうしたら、不安なんてどこかに吹き飛ぶわ」

「シャルロット様……」

「でも、もし心が折れそうになったら私を頼りなさい。同じ男を愛するもの同士、必ず助けてあげる。何があろうとも私は貴女の味方よ」

とても心強い発言にシルヴィアは瞳が潤んでいく。

涙を流すのを堪えながらシルヴィアはシャルロットへ歩み寄る。

「シャルロット様。これからはお姉様とお呼びしてもいいでしょうか？」

「ええ。いいわよ。シャルお姉さまと呼ぶならね」

「シャルお姉様！」

感極まりシルヴィアはシャルロットの胸に飛び込む。

シャルロットは優しくシルヴィアを受け止めて頭を撫でた。

「ふふっ。世話の焼ける妹が出来ちゃったわね……」

「ごめんなさい。でも、我慢できなくて」

「いいのよ。今だけは王女としての立場も役目も忘れて存分に甘えなさい」

結局の所、シルヴィアは不安に押しつぶされてしまい、考えすぎた結果焦りすぎてしまったのがいけなかった。

もっと、シャルロットのように自分に自信を持つ事が出来れば今後シルヴィアは不安を抱く事はなくなるだろう。

ところで忘れてはいないだろうか。レオルドの事を。

二人は完全にレオルドの事を忘れてしまい、その後も仲良く談笑を続ける。


その忘れられているレオルドはというと、無人島で意外な人物と対面していた。

「貴様……なぜここにいる？」

「……君は誰だい？」

驚愕するレオルドの前にいるのは帝国守護神の一人であった禍津風のゼファーであった。

（俺を知らない……？　言われてみれば、この世界には写真なんてなかったな。俺はゼファーを運命48で見た事があるから知っているが、ゼファーは多分俺の名前は知ってても顔は知らなさそうだ。一応聞いてみるか）

落ち着いて考えてみた結果、レオルドはゼファーが自分の事を知らないと考える。

危険ではあるが一応訊いてみる事にした。

「お前が知っているかどうかは分からないが、俺の名前はレオルド・ハーヴェストだ」

「君がレオルド……？　想像していたのとは違うね」

「俺の名前を聞いてもなんとも思わないのか？　一応敵だぞ？」

「ん？　ああ、確かにそうだね。一つ聞きたいんだけど、戦争はどうなった？」

「王国の勝利だ」

「そっか……。やっぱり帝国は負けたか」

「やっぱりって……分かってたのか？」

「いいや。予想してただけだよ。ゼアトで戦った時に王国には勝てないって思ったからね」

「そうか。それよりも俺も聞きたいことがあるんだが」

「なんだい？」

「どうしてお前はここにいる？」

最初の質問へ戻ったレオルドはゼファーがどう答えるかと待つのであった。

「僕がどうしてここにいるか、か。そうだね。僕はシャルロット・グリンデに勝負を挑み敗北した。結果、ここにいるってわけだよ」

「全く分からんわ」

「まあ、きちんと説明すると僕はシャルロット・グリンデに転移魔法でここに飛ばされて戦い、敗北したって事だよ」

どうして、ここにいるのかは理解したが、何故ここに留まっているのか分からない。

「ここにいる理由は分かった。しかし、何故帝国へ帰らないんだ？」

「最初は帰ろうかと悩んだんだけど、僕の祖国は別であって帝国じゃない。だから、戦死した事になってるだろうから、それを利用して自由の身になろうかと思ってね」

「……なるほどな。理由は分かった」

「よかった。これで追い出されたらどうしようかと思ったよ」

「もし追い出そうとしたらどうしてた？」

「抵抗するつもりだったけど君強そうだし、それにシャルロット・グリンデが怖いから大人しく言う事を聞いて島から出て行ったよ」

「そうか。まあ、俺としてはお前が敵にならないならここに住んでも構わん」

「そう？　そう言ってくれるとありがたいな。ついでに我儘も聞いてもらえればもっとありがたいんだけど」

「厚かましい奴だな。まあいい。多少の頼みなら聞いてやらん事もない。言ってみろ」

「本当かい？　いやー、言ってみるもんだね」

レオルドの意外な対応にゼファーは目を丸くした後、愉快に笑い声を上げた。

「まあ、頼みって言うのは簡単で畑を作ろうと思うんだけど道具もなにもなくてね。魔法だけじゃどうにも出来ないからどうしようかなって思ってたんだ。そこで君にお願いしたいのが道具を分けてもらいたいんだ」

「そんなことでいいなら分けてやる。ついでだから野菜の種もくれてやろう」

「え！　種までくれるの？　嬉しいな。ありがとう！」

「お前はこんな言葉があるのを知っているか？　無料より高いものはないって言葉を」

「な、なんだい、その不気味な笑顔は……」

元帝国守護神という強力な戦力にレオルドは貸しを作り、いずれ利用しようと考えた。流石は悪徳貴族だった男だ。悪巧みはお手のもの。もうゼファーはレオルドから逃げられない。

「ははは。気にするな。なにかあれば俺に言え。そうすれば可能な限り応えてやろう」

「あ、ありがとう。でも、なんだか凄く不安なんだけど？」

「なに、気のせいだ。ふははははははっ！」

新たなる戦力を手に入れる事が出来たレオルドは笑いが止まらなかった。


それから数時間が経過して太陽が沈み始め、黄昏時となった。

「ねえ、君はいつまでここにいるんだい？」

「…………」

木の下で体育座りをして遠くを眺めているレオルドにゼファーは恐る恐る話しかける。

しかし、返事はない。まるで屍のように沈黙している。

「あのさ……もしかして迎えが来ないのかな？」

「……」

「まあ、元気出してよ。たとえ忘れられていたとしても僕もいるし寂しくはないさ！」

どうにか元気付けようと励ましているゼファーだがレオルドは一向に反応を示さない。

流石にゼファーも察したのか、それ以上レオルドに話しかけなくなった。

（マジで俺の事を忘れてるのかな？）

否定したい考えではあるが現状が物語っているので否定できない。シャルロットとシルヴィアは二人きりで話があると言っていたが、まさか忘れられるとは思いもしなかった。

「はあ〜……」

いくら待っても来ないのならば仕方がないと諦めたレオルドは立ち上がり背を伸ばす。

「んん〜〜〜！　さて、どうしますかね」

とりあえずレオルドは食料を調達する為に森へ向かう事にした。

ゼファーもそちらに向かったのを見たので、レオルドは今から追えば追いつくだろうと考えての事だった。

「ん？　あれ、もう動けるようになったのかい？」

「ああ。すまんな。少し現実逃避していた」

「はは。まあ仕方ないよ。忘れられたら悲しいもんね」

そう言って笑うゼファーの手には多くの山菜が握られていた。

どうやら、レオルドが来る前に見つけていたらしい。

（なるほど。意外とサバイバルに慣れているのか）

食べられる植物を見分けられる知識は役に立つ。世捨て人になる事はないレオルドにはあまり必要ないかもしれないが覚えておいて損はない。

「さて、山菜はこれくらいでいいかな。次は肉を取りに行こうか」

「ほう。どこかに罠を仕掛けているのか？」

「うん。猪でも捕まってたらいいんだけどね」

「そうだな」

その後も適当に雑談をしながらゼファーが仕掛けた罠の場所へ向かう。

辿り着いた場所にはお粗末な落とし穴があり、その中ではウサギが一羽死んでいた。

「まあ、こんなものか」

「もっとマシな罠を作れなかったのか？」

「本職じゃないんだから無理だよ」

「しかし、山菜の知識を持ってるんだから罠だって作れそうな気がするのだが」

「知識と技術は別物だよ。知ってても作れるかどうかはわからないでしょ」

「そうだな。そのとおりだ」

「しかし、どうするかな。僕と君の二人分には足りそうにないな」

「狩りにでも行くか？」

「使える属性は？」

「雷、水、土の三種だ」

「凄いね。流石は金獅子と呼ばれてただけはある」

「知っているのか。その呼び名を」

「まあね。一応君の事は帝国が調べていたから、僕もある程度は知っているよ」

「そうか。有名人は辛いな」

「ははは。そうだね。それじゃ、狩りに行こうか」

二人は笑い合った後、身体強化魔法を施して森の奥へ今晩の食材を調達する為に向かうのだった。

レオルドとゼファーは食料を求めて森の奥まで来ていた。

しかし、獲物が見つけられないまま時間だけが過ぎていく。

「なにもいないな」

「だね。まあ、野生動物だから僕達の存在を察知して隠れたんじゃないかな？」

「む……そういう事もあるか」

「とりあえず、二手に分かれる？　別に一緒に行動したところであまり意味はないし」

「ふむ。ならば、俺は海にでも魚を取りに行こう」

「釣りでもするの？　なら、今夜は魚にしようか」

「まあ、それでいいんじゃないか？」

急遽、献立を魚に変更して二人は森から海へ方向転換する。

早速、海辺に辿り着いた二人は道具を作成していく。

レオルドは土魔法で銛を作り、ゼファーは風魔法で木を加工して竿を作った。

「器用なものだな。風魔法だけで竿を作るとは」

「銛の方が良かったかもね。糸も針も作らなきゃだし」

「その辺に落ちてるかもしれないから頑張って探すんだな」

「そうするよ。じゃあ、頑張って」

「ふっ、任せろ！」

ゼファーは足りない道具を探しに海辺を歩く事にして、レオルドはパンツ一丁になると銛を片手に海へ飛び込んだ。

レオルドは失念していた。ここが異世界であると。

海の生き物の生態系がおかしな事になっているのを身を以て知る事になる。

「グボバァッ！」

海に勢い良く潜ったレオルドにまるで魚雷のようにマグロのような魚が激突した。

身体強化を施してはいたが、油断していたところに思わぬ一撃を受けてしまったレオルドは豪快に息を吐いて海水を飲んでしまう。

緊急事態にレオルドは急浮上しようとする。

しかし、そこへ再びマグロ魚雷である。レオルドの背中目掛けてマグロは突進する。

海の中で魚の泳ぐ速度に敵うはずもなくレオルドは避ける事もできない。

「オボォ！」

まさか、まさかである。直近の死亡フラグである炎帝という強大な敵に打ち勝ったレオルドだったが、ここで新たなる死亡フラグが立ちはだかった。

(アレはマグロか!? いや、姿形は似ているが別物だろう。しかし、なんという凶暴な魚だ！)

悔しそうに歯を食い縛りながらレオルドは空気を求めて海面に向かう。その度にマグロ魚雷を受ける事になったが、日々の鍛錬に数々の戦場を乗り越えたレオルドは見事に耐え切った。

「プハッ……！　一先ず陸に上がろう」

海では不利だと悟ったレオルドは陸へ上がり難を逃れる。

「くそ……！　雷魔法で！　いいや、ダメだ。なんかそれだと負けた気がする」

勝ち負けの話ではない。食うか食われるか、生きるか死ぬかの話なのだ。

レオルドはその事を忘れており、ただ己のプライドを守る為に戦う事を選んだ。

「負けたままでは許さん！　見てろよ……！」

ちっぽけなプライドを守る為にレオルドは怒りに顔を歪ませて、握り締めていた銛をさらに力強く握り締めた。そして、次は勝つと意気込んで海へもう一度飛び込んだ。

ゴーグルもないので視界はぼやけて見えないが、それでもこちらへ向かって来る黒い影をレオルドは視認した。銛をマグロに向けて構え、接近してきたところへ渾身の突きを放つ。

しかし、マグロは急停止から急降下してレオルドの渾身の突きを見事に避ける。

そして、空ぶったレオルドに向かって急加速からの体当たり。

「オブゥッ！」

腹にマグロの突進を受けてレオルドは海面へ押し上げられると、そのまま海上へ突き抜けた。

その後、放物線を描くようにザッパーンッと大きな水飛沫を上げてレオルドは再び海へ落ちる。

「見事なり……」

プカプカと浮きながらレオルドは敵であるマグロを称える。たかが魚と侮っていたがマグロは強敵であった。

だが、まだ負けを認めてはいない。レオルドは再び海へ潜りマグロと対峙する。

銛を構えてジッと待つ。レオルドは集中をして、ただその時が来るのを待った。

そして、ついにその時が訪れる。

海の中を風のように駆け抜け、一条の流星となったマグロがレオルド目掛けて向かって来る。

それに気がついたレオルドは極限までに高めた集中力で銛を構えて迎え撃つ。

（さらば！　強敵よ！！！）

ついに激突する両雄。互いに一切の手加減なく放った一撃は海を轟かせた。

その音は遠く離れていたゼファーの耳にも届く。

「わ！　今の音はなんだろ？　彼が潜った方向から聞こえてきたけど……？　とりあえず様子を見に行こう」

釣りをしていたゼファーは音が聞こえてきた方向へ向かう。

そこでゼファーが見たものは海に浮かび、たった一本の銛でマグロを討ち取ったヒーローである。

「わ～、凄いの捕まえたね」

驚くゼファーであったがレオルドが捕まえたマグロを見て喜んだ。

これで今晩の食料は確保できたと。

しかし、流石に二人でマグロ一匹は無理である。到底食べきれる量ではない。

どうにか保存しておかないと腐るだけで勿体無い。

ゼファーがどうしたものかと悩んでいた時、シャルロットとシルヴィアが転移してくる。

思わぬ来客にゼファーは驚いたがレオルドが来ていたので今更かと呆れて笑った。

「あら？　貴方まだいたの？」

転移魔法で無人島へやってきたシャルロットとシルヴィアだが、シャルロットの方はゼファーを目にしてまだここにいたのかと驚いていた。

隣にいるシルヴィアは一体誰なのかと様子を窺(うかが)っている。

「ええ。帝国にいてもいいように利用されるだけですから」

「ああ、そういう事。それよりレオルドが来なかった？」

「あー、彼ならそちらに」

シャルロットにレオルドの所在を聞かれたゼファーはマグロが突き刺さった銛を天高く掲げて海に浮かんでいるレオルドを指差した。

夕日によりキラキラとした海面に巨大な魚を銛に突き刺して浮かぶ裸の男(レオルド)を目にした二人はそれぞれの反応を見せる。

シャルロットは面白すぎる光景にお腹(なか)を抱えて大笑いし、シルヴィアは一体何事かと戸惑っている。やがて、二人の存在に気がついたレオルドがマグロを抱えて陸に上がってくる。

その時、陸に上がったレオルドを見てシルヴィアが悲鳴を上げる。

「きゃあああああああっ！！！」

突然、シルヴィアが悲鳴を上げるものだからシャルロット、ゼファー、レオルドの三人はそれぞれ戦闘態勢を取り、シルヴィアを守ろうとする。

しかし、それは間違いである。

シルヴィアが悲鳴を上げたのはレオルドがパンツ一丁だったからだ。

「レ、レオルド様！　早くお召し物を着て下さいまし！」

言われてからレオルドは自分の格好を思い出す。

いくら婚約者とはいえ年頃の女性にパンツ一丁の姿はいけなかったと反省する。

「これは申し訳ございません、殿下。お見苦しいものを見せてしまいました」

謝るレオルドは着替えようとするが、海に潜っていたので全身ずぶ濡れである。

なので、服を着るわけにもいかず、シャルロットに助けてもらう。

「すまん。シャル、火魔法と風魔法使って乾かしてくれ」

「え～、私が？　自分でやりなさいよ～」

「いや、火属性使えないし風属性も使えないんだぞ。それくらいやってくれてもいいだろ」

「それはそうだけど～」

パンツ一丁でずぶ濡れのレオルドがシャルロットと交渉をしている時、シルヴィアは手で見えないように隠していたが、やはり気になるのかチラチラと指の隙間からパンツ一丁のレオルドを見ていた。それに気がついたシャルロットはニヤッと笑う。

「どうしよっかな～」

「あとで礼はするから頼むよ」

「ん～、でも、めんどくさいし～」

「そう言わずに頼む。殿下にこれ以上嫌なものを見せるわけにはいかないんだ」

「そう？　ねえ、シルヴィア。レオルドはこう言ってるけど貴女(あなた)はどうなの？」

シャルロットはシルヴィアが別に嫌がっていないことを知りながら話を振る。

シルヴィアはまさか自分の方に話が振られるとは思ってもおらず焦ってしまう。

「ええ!?　わ、私は別に嫌というわけでは、そのどちらかと言えばご馳走様(ちそうさま)です……と、いえそうではなく眼福ですわ、というような事もなく、え～っと、そのとっても破廉恥ですわ！」

顔を真っ赤にしながら早口で聞き取れないように喋(しゃべ)るシルヴィアにシャルロットはおかしくて笑いそうになったが、これ以上遊ぶとシルヴィアが暴走しかねないのでレオルドを乾かす事にした。

「はあ～、面白かった」

「面白かったじゃない。殿下、本当に申し訳ありませんでした」

海水を水で洗い流してシャルロットに乾かしてもらったレオルドは服を着てシルヴィアに頭を下げる。

ようやく服を着てくれたレオルドにシルヴィアはワザとらしく咳払(せきばら)いをしてから許した。

「ゴホン。レオルド様。私達(たち)は確かに婚約者ではありますが、まだ婚約したばかりです。

ですから、もう少し節度を守っていただかないと、私の身が持ちませんわ」

色んな意味でシルヴィアの身が持たない。先程シルヴィアが目にしたレオルドのパンツ一丁の姿はシルヴィアの脳内メモリに大切に保管された。

家族以外で初めて見る男の裸にシルヴィアは恥ずかしくはあったが、とても興奮していた。

なにせ、大好きなレオルドの裸なのだから。惜しむらくは全裸ではなかった事。出来る事ならば、そちらも見てみたかったと少し残念な気持ちになったシルヴィアである。

「は！　今後一切無いように注意します」

「い、いえ、別にそこまでなさる必要はないのですよ？」

一瞬、レオルドは聞き間違いかと思ったが聞き返す事はしなかった。

なぜか、聞き返すとややこしい事になりそうだと確信があったから。

(もしかしてムッツリスケベなのか？　それなら大歓迎なんだが？)

そう予想するレオルドは目の前で顔を赤くしてモジモジとしているシルヴィアが一層可愛(かわい)く見えるようになった。

「あ～、そろそろいいかな？」

今まで静かに事の成り行きを見守っていたゼファーが恐る恐る手を挙げながら発言した。

「ああ、いいぞ。なにか話したい事でもあるのか？」

「え〜っと、彼女達はどうしてここに？」

どうしてこのような無人島に二人はやってきたのだろうかと尋ねるゼファー。

その問いにシャルロットが何の悪びれもなく答える。

「レオルドを迎えにきたのよ。すっかり忘れてたんだけどね」

「む！　そうだ！　お前、俺をここに飛ばしておいて迎えにこないってどういうことだ！」

言われてからレオルドは思い出したかのように怒り出してシャルロットを捕まえる。

「きゃあーッ！　離して、変態！」

レオルドはシャルロットにプロレス技であるヘッドロックを決める。

とは言っても本気ではないのでじゃれついているだけだ。

「お前がさっさと来ないから俺は晩飯としてマグロと戦ってたんだぞ！」

「それについては謝るけど、あなたが裸だったのは私のせいじゃないわよ！」

「うるせえ！　元はといえばお前が悪いんだ！」

「きゃあーっ！　痛い痛い！　きつく絞めないで！」

仲のいい姉弟のようだ。ゼファーは世界最強の魔法使いがレオルドの良いようにされているのを見て苦笑いしか出来なかった。

レオルドとシャルロットのじゃれ合いを見て苦笑いを浮かべていたゼファーはふと気に

なったのかシルヴィアの方へ顔を向けた。するとそこには怒って頬を膨らませているシルヴィアがいた。

話しかけようかと悩んだが、何も話さないでいるのも気まずいと思い、ゼファーはシルヴィアに話しかける。

「二人はいつもこのような感じなのですか？」

ゼファーはレオルドがシルヴィアに敬語を使っていたのを見ていたので、シルヴィアが身分の高い人物だと分かっていたから敬語を使う。シルヴィアはゼファーに話しかけられ、嫉妬で膨らませていた頬を戻してからゼファーの質問に答える。

「そうみたいですわね」

「そうみたい？　知らなかったのですか？」

「何度か目にしていますが、やはり嫉妬していますね。出来れば控えて欲しい所ですが……」

シルヴィアの視線の先ではレオルドがシャルロットにヘッドロックを決めており、シャルロットが必死に逃れようとしている。

ただ、その雰囲気はどこか楽しそうである。知らない人が見れば止めに入るような光景だが二人は当人達の関係を知っているので、止める事はしない。

やがて、レオルドは許したのかシャルロットを解放した。ヘッドロックを決められていたシャルロットだがほとんど痛みはないようで平然としている。

「もうっ！　こんな美人にあんな酷い事するなんてレオルドは最低ね！」

「人を転移魔法で飛ばしておいて忘れる方がよっぽどだろ！　下手したら一生無人島生活だったんだぞ！」

「別にいいじゃない。一人じゃないんだし」

「そりゃ一人よりはマシだが婚約したばかりだぞ。殿下の事も考えろ」

「まあ、確かに。シルヴィアが可哀想ね」

「俺も可哀想だろ！」

　などと息の合った漫才コンビのような事を繰り返しながら二人はシルヴィアとゼファーの元へ戻る。

　戻ってきた二人が目にしたのはジト目で睨んでくるシルヴィアと、苦笑いを浮かべ気まずそうに頬をかいているゼファーであった。

　一体なぜシルヴィアはジト目なのかとレオルドはゼファーの方に目を向けるがゼファーは知らないといった素振りだ。

　では、シャルロットなら何か分かるかもしれないと目を向けるが、シャルロットも肩を竦めて知らないといった素振りである。

　結局、シルヴィアがどうしてジト目なのか分からずレオルドは頭を下げた。

「殿下、申し訳ありません」

「それは何に対しての謝罪なのです？」

ごもっともである。レオルドはとりあえず頭を下げておけばいいと考えての判断だった。だから、シルヴィアがなぜ不機嫌なのかを分かっていない。

（むむ……なんで怒ってるんだ？　さっきまでは別に普通だったのに……）

先程までの行動を思い返すレオルドは一つずつ整理していく。

まずはパンツ一丁でシルヴィアの前に立った事、そしてシャルロットとじゃれていた事。ここでようやく気がつく。シルヴィアはレオルドがパンツ一丁でいた事に対してはそこまで怒ってはいなかった。

しかし、シャルロットとじゃれあっていた事には怒っていた。つまり、ここから導き出される答えは一つしかない。そう、嫉妬である。

恐らく、いいや、十中八九シルヴィアは嫉妬したのであろうとレオルドは考えた。

確かに婚約者であるシルヴィアの前で別の女性と親しくしていたら、不安になるし、嫌な気持ちを抱いてもおかしくはない。

それが分かったレオルドは改めて謝罪の言葉を述べる。

「申し訳ございません、殿下。婚約者の身でありながら軽率な行動でした」

その謝罪を聞いてシルヴィアはどうやらレオルドが分かってくれたと理解して許す事に

した。

「レオルド様。シャルお姉さまと仲がよろしいのは結構ですがあまり見せ付けないでください ませ。その私も複雑な気持ちになってしまいますので」

「はい。申し訳ありませんでした。ところで一つお尋ねしたいのですが、シャルお姉さまというのは？」

シルヴィアの口から聞きなれない単語が飛び出してきたのでレオルドも思わず訊いてしまう。

「え、あ、これはその……」

当たり前のようにシャルロットを姉呼びしたシルヴィアは照れてしまい、顔を赤くして戸惑っている。

そこにシャルロットがシルヴィアへ近寄り、シルヴィアを抱き寄せて力強く言い放つ。

「私がお姉様なのよ！！！」

「いや、分からんわ！」

訳のわからないシャルロットにツッコミを入れるレオルド。そして、照れながらシャルロットの胸に顔を埋めているシルヴィア。そのような光景を蚊帳の外から一人見せ付けられたゼファーは遠い目をしながら水平線に沈み行く夕日を眺めていた。

「すまん。待たせたな」

「いや～、はは。そんなに待ってないよ」

数十分は待たされたゼファーは軽く笑って誤魔化してはいるが彼は体感時間で数時間は待っていた。三人の仲睦まじい空気に耐えたのは素直に褒めてもいいだろう。

「あの、レオルド様？　そちらのお方はどちら様なのでしょうか」

「ああ、彼は帝国守護神の一人だった禍津風のゼファーですよ」

「えっ!?　そのようなお方がどうしてここに!?」

「なんでも祖国に帰るのが面倒だそうですよ」

「そうなのですか？　では、これからどうするのです？」

「あ～、いや、まあ、本人の前で言うのもなんですがこいつは利用価値があると思うんです」

「それホントに本人の前で言う？　結構傷つくんだけど……」

「で、ですが、王国が匿っていると帝国に知られたら大変な事になりますよ！」

「殿下の言うとおりだな。よし、ゼファー。すまんが大人しく捕まってくれ」

「いやいや！　どんな手の平返しの早さ!?　さっきは利用価値があるって言ってくれたじゃないか！　もう少し反論してくれたっていいだろ!?」

「うむ。そうなんだが、やはり殿下の言う事が正しくてな」

「そりゃ彼女の方が正論だけどさ！　もう少し考えてくれてもいいじゃないか!?」

「むむ。どうします、殿下?」

「え、ここで私にですか……。本来ならば捕まえて帝国に突き出すのがベストなのですが、レオルド様の言うとおり帝国守護神である彼は破格の戦力ですから軍事利用すれば大きく王国に貢献するとは思います。が、やはり発覚してしまった場合のリスクを考えますとここは捕まえるのが妥当かと……」

「よし捕まえよう」

「いや、そんな軽いノリで捕まりたくないよ!」

しばらく茶番が続き、どうしようかとレオルドとシルヴィアが考えていた時、シャルロットが発言した。

「亡命すればいいんじゃない?」

「その手があったか!」

「レオルド様。亡命と簡単に言いますけど、もしも帝国が彼を見たらどう思うと思いますか?」

「……良くは思われませんね」

「そうでしょう? なら、捕まえて帝国に突き出すのが一番です」

「でも、シルヴィア。レオルドは今回の戦争で大活躍したじゃない? それに加えて王国は勝利した側なんだから多少は融通が利くんじゃない?」

「それは……わかりません。確かにレオルド様の功績をもってすればお父様、いえ、陛下は納得はすると思いますが帝国が納得するかは怪しいです。もちろん、表立って文句は言ってこないでしょうが何かしらの手は打ってくるとは思います」

「だったら、もう残された手は一つしかないわね」

自信満々なシャルロットは腕を組んで、しばらく溜めてから残された最後の手段を三人に教える。

「私と同じように世捨て人になるしかないわ！」

「その手があったか。しかし、それはお前の圧倒的な強さがあってこそ成り立つもんだぞ？」

レオルドの言う通りだが、別にシャルロットのような強さは必要ない。

一人でも生きていく力があればいいのだ。その点でいえばゼファーは合格だ。

ほんの少しの期間ではあるが、この無人島で暮らしていたのだから。

「バカね、レオルド。強ければいいってことじゃないの。一人でも生きていけるかが重要なのよ」

「む……そう言われればそうだな」

「どう？　シルヴィア。これなら文句はないはずよ」

「そうですね。確かにそれならば文句はないと思います。レオルド様はどうお考えなのですか？」

「……まあ、ぶっちゃけいざという時に体よく利用する形で！」

「いや、結局それかよ！」

あれこれと言っておきながら、結局レオルドはゼファーを利用したいと答えた。

それを聞いて盛大にツッコミを入れたゼファーは精神的に疲労困憊だ。

「ははは。まあ、色々と言ったが俺はお前が仲間になってくれると嬉しい。この数時間だけではあるがお前の為人を知った。だから、何度でも言おう。俺の元へ来い、ゼファー」

これまでの全てを吹き飛ばすようにレオルドは満面の笑みを浮かべてゼファーへ手を差し伸べる。

それを見たシャルロットはやれやれと肩を竦めて、シルヴィアはクスリと笑う。

気を許した相手が元敵であろうと関係ない。とことん甘い対応をするのがレオルドなのだ。

「……君は不思議な人だ。うん。僕でよければ君に忠誠を誓おう」

「いや、お前みたいな風来坊の忠誠はいらん」

「ねえ！　さっきまでいい雰囲気だったよね！！！」

「ふはははは！　いや〜、すまん。でも、事実だろ？」

「うっ……まあそうだけどさ」

「ふっ。だがそれでいい。お前は禍津風のゼファー。ならば、風の様に自由であれ」

「……いいのかい？　そんな事を言っても」

「なに、お前がもし俺を裏切っても恨みはせんよ。ただし、その時は容赦なく叩き潰すがな」

「っ！　ふふっ、そうか。随分と自信のある主人だ。なら、僕の自由にさせてもらうよ」

「ああ、構わん。これからよろしくな！」

ニカッと白い歯を見せるレオルドはゼファーと固い握手を交わした。

こうしてレオルドの元に新たなる戦力が加わることとなった。その戦力の名は禍津風のゼファー。

元帝国守護神でレオルドが知る中で最強の風使いが新たな仲間となる。

「はあ〜。レオルド様は本当にお優しいことで」

「まあいいんじゃない？　今のレオルドならゼファーが相手でも十分戦えるし。それに、そんなレオルドが好きなんでしょ？」

「……はい」

消え入りそうな声でシルヴィアはシャルロットの言葉を肯定する。

なんだかんだ言ってもシルヴィアはレオルドが選択したことなら文句を言うつもりはなかった。

「さて、話はまとまった事だし、家に帰るか」

「そうね～。もうここにいる必要はないし」

「では、シャルお姉様、帰りもお願いしてもよろしいですか？」

「まっかせて～！」

ゼファーを除いた三人は転移魔法で帰る準備をする。

シャルロットへレオルドとシルヴィアは近寄り、シャルロットが転移魔法を発動させる。

「ちょっと！　この魚どうするつもりだ!?」

転移魔法で帰ろうとした時、ゼファーが声を荒らげてレオルドが仕留めたマグロを指差した。

話に夢中になっていて忘れていたレオルドはシャルロットにマグロを冷凍してもらい持って帰る。

「じゃあ、今度こそ帰るか！　ゼファー、次に来る時は必要なものを持ってこよう！　それまで生きていろよ！」

「ああ。よろしく！　それじゃあ、また！」

マグロを担いで手を振るレオルドはシャルロットの転移魔法で自宅へ帰っていく。

そして、レオルド達が消えるまで手を振っていたゼファーは、レオルド達が消えてからもしばらく手を振っていたが、ゆっくりと下ろして水平線に沈んでいく夕日を眺めながら呟く。

「今夜のご飯どうしようか……」

レオルドがマグロを全部持ち帰ってしまったのでゼファーの晩御飯は山菜しかない。兎はどうしたのかというと供養してしまった。二人だと物足りないからと言って。残しておけばよかったと後悔するゼファーはレオルドを見習って海に飛び込み、魚を捕獲するのであった。

ハーヴェスト公爵家に戻ってきた三人は帰ってきたことを報告した後、シルヴィアを王城へ送る事に。

また、三人で一緒に転移魔法で移動する。着いた場所は王城の目の前で三人は門番によって中へ通されると、真っ直ぐに突き進んでシルヴィアの部屋へ向かう。

シルヴィアの部屋に着くと、そこにはシルヴィアの護衛である近衛騎士のレベッカと侍女であるリンスが待っていた。

「ただいま戻りました。二人共、心配を掛けましたわね」

「いえ、心配はしておりませんでした。レオルド閣下がお側にいましたのでよほどの事がなければ問題ないでしょう。それに加えて今はシャルロット・グリンデ様までお側におられますので天変地異が起きようとも心配はないでしょう」

「あら～、そんなに褒められると照れちゃうわ」

「まあ、俺の場合は天変地異が起きたら流石（さすが）にな」

「お気に障ったなら申し訳ありません」

「いや、気にするな。レベッカ殿の言い分は正しい。客観的に見た通りの判断が出来ている」

「恐れ入ります……」

「さて、それでは俺達はこれで失礼します」

「じゃ〜ね〜。シルヴィア」

「はい。レオルド様。シャルお姉様。また会いましょう」

レオルドは頭を下げて、シャルロットは気軽に手を振ってシルヴィアと別れる。

二人はそのまま部屋を出ていき、転移魔法で公爵家に戻った。

部屋に残ったシルヴィアは疲れが溜まっていたようでだらしなく身体（からだ）をベッドに投げだす。

ボフッとベッドに沈むシルヴィアに侍女のリンスが話しかける。

「殿下。そのようなことをしてはお召し物がシワになってしまいます」

「これくらい構いませんわ。少し、疲れたの」

「まあ、レオルド様に婚約を申し込まれて、その勢いのまま夜まで帰ってこなかったのですから疲れているとは思いますが……流石にお盛んすぎでは？」

「盛ってなどいませんわ！　妙な誤解はやめてくださいまし！」

「ホントですか？」

「ホントですわ！　もうリンス！　貴女、少しイザベルに似てきてませんこと!?」

「ええ。イザベル様からは多少のことならば殿下は許してくださると教えていただいたもので」

「なっ！　もうイザベルは後輩に何を教えているのかしら！」

「まあまあ、殿下。落ち着いてください。リンスもあまり殿下をからかうのはやめなさい」

様子を見ていたレベッカは二人の間に入って仲裁をする。シルヴィアはレベッカに落ち着くように言われて落ち着きを取り戻し、リンスはレベッカに注意されたので謝罪して一歩下がる。

「はあ……。そういえば殿下。お食事は取られたのですか？」

「いえ、そう言えばまだ取っていませんでしたね。色々ありすぎて忘れていました」

「でしたら、すぐにご用意致しましょう」

そう言ってリンスが部屋を出ていき、レベッカとシルヴィアの二人だけとなる。

シルヴィアはリンスがいなくなったのでベッドでだらしなく腕を広げて天井を見ている。

「殿下。流石にそれはどうかと思いますよ」

「いいではありませんか。今は私と貴女しかいませんし、周りを気にする必要はありませんもの」

「レオルド閣下が知ったら幻滅するかもしれませんよ？」

禁じ手であろう想い人の名前を言って正そうとするレベッカだったが、もうそれは通じない。

「ふふん。レオルド様は私の悪いところも好きと仰ってましたから多少は問題ありませんわ！」

ドヤ顔で反論するシルヴィアにレベッカはほんの少しだけ腹を立てる。

しかし、シルヴィアの言う通り既にレオルドとシルヴィアは婚約を結んでおり、尚且つプロポーズをしたのはレオルドの方なのだ。

ならば、シルヴィアの言うことは間違いない。レオルドがシルヴィアに幻滅することはもうないだろう。

「そうですか。しかし、男性というものは意外な一面で女性を嫌いになる事もあるそうですよ？」

「え……！　そ、それはどういう事ですか？」

（まあ、私も本で読んだだけで本当かどうかは知らないけど……ここはちょっと殿下を懲らしめるために本の内容を伝えよう）

レベッカは独り身である自分に対して幸せオーラ全開のシルヴィアにちょっとした意地悪をする。

本で聞きかじった男性についての情報をあたかも自分の経験のように語りシルヴィアを不安にさせるレベッカはほんの少しだけ愉悦に口元を歪めていた。

「あわわわ……！」

「ふっ、どうです、殿下。わかっていただけましたか？」

「わ、私はどうしたら……」

ベッドに倒れ込むシルヴィアを見てレベッカは少しやりすぎたかもしれないと後悔するが、もう遅い。シルヴィアはレベッカの根も葉もない話を完全に信じてしまっている。

頭を抱えて狼狽えているシルヴィアと、嘘だと発覚した時どのように誤魔化そうかと考えているレベッカの元へリンスが夕食を運んでくる。そこでリンスが目にしたものは何故か頭を抱えて狼狽えているシルヴィアと難しい顔をしているレベッカであった。

「あの、私がいない間になにかありましたか？」

自分のいない間に何があったかわからないのでリンスは状況を把握するために二人へ尋ねる。

「リンス。実はレベッカから聞いたのだけれど殿方は――」

リンスの問いにシルヴィアがレベッカから聞いたことを答える。それを黙ってリンスは聞いて、最後にチラリとレベッカを窺う。すると、レベッカがビクリと肩を震わせているのが見えた。

「はあ……。良いですか、殿下？　それは結局レベッカ様の言い分です。世の男性全てに当てはまる事ではありません。あくまでもレベッカ様の経験談でしょうから気にする事はありません。そもそもシルヴィア様の事をよく知っておられるレオルド様が今更気にすると思いますか？」

「言われてみれば、そうですわね。レオルド様が今更そのような些細な事を気にするとは思いませんわ！」

「そうでしょう？　なら、もっと胸を張って堂々としていればいいのです」

そう言われてシルヴィアはシャルロットに言われたことを思い出す。もっと自分に自信を持て、と。それと同じことを言われてシルヴィアはベッドから立ち上がり力強く宣言する。

「そうですわ！　私はもっと自信を持つべきでした。ありがとう、リンス。シャルお姉様にも言われていた事を思い出させてくれて」

「いえ、構いません。それではお食事にしましょう」

「ええ！」

シルヴィアはリンスが運んできた夕飯を食べる。

その最中にレベッカはリンスに近づき、シルヴィアに聞かれないように小さな声でお礼を言う。

「ありがとう。話を合わせてくれて」

「構いません。ですが、これは貸しです。いつか返してもらいますから」

そう言ってニッコリと微笑むリンスにレベッカはあらぬ不安を抱き頬を引き攣らせるのであった。

シルヴィアが夕食を取り始めた頃、レオルドとシャルロットも夕食を取ろうとしたが問題が発生していた。レオルドが持ち込んだマグロをどうするかという事だ。

なにせ、マグロ丸々一匹だ。どう解体すれば良いかもわからない。

「レオルド。お前が持ち込んだのだからどうにかしなさい」

「……え?」

突然ベルーガに無理難題を突きつけられて呆けた声を出してしまうレオルド。

確かにレオルドは知識が豊富だがマグロの解体などした試しがない。

精々、家庭科の授業でやったアジの三枚おろしがいいところだ。後は加工された魚しか調理した事がない。だから、レオルドにマグロの解体など不可能である。

「専門家はいないのですか？」

「うちの料理人もお手上げだ。今から呼び寄せようにも時間が遅い」

「う〜む……」

腕を組んで考えるがいい案は浮かばない。誰かマグロを解体できる人間がいないかとレオルドは必死に思い出そうとする。そして、一人だけ出来そうな人間を思い出す。

「ギルなら可能なのではないでしょうか？」

「む？　ギルか……。確かにギルなら出来るかもしれんな」

暗殺から家事までこなす最強の執事だ。ある意味完璧超人に近いギルバートならば可能かもしれないと考えた二人はギルバートを呼び寄せる事にした。

転移魔法を使ってゼアトの屋敷へと向かい、ギルバートを連れてレオルドは公爵邸に戻った。

「連れてきました」

「お久しぶりでございます。旦那様」

「ああ。久しぶりだな。元気にしていたか？」

「ええ、もちろんにございます」

少しだけ世間話に花を咲かせて本題のマグロ解体へ移る。

レオルドがギルバートにマグロの解体は可能かと問い掛けた。

「ギル。つかぬことを聞くがお前はマグロの解体が出来るか?」

「マグロですか?　どの程度のものか見せてもらう事は出来ますか?」

「ああ。ついてきてくれ」

レオルドはギルバートを連れて調理場へ向かい、そこでシャルロットによって冷凍保存されているマグロを見せる。

それを見てギルバートはほうと息を吐き、全体を見るように歩き回る。

「これは立派なものですね。どちらでこれを?」

「俺が取ってきた」

「なんと坊ちゃまが!　さぞ苦労されたことでしょう」

「ああ。激闘だった」

海中で繰り広げられたマグロとの激闘は今でも鮮明に思い出せる。

レオルドはしばらく思い出に浸っていたが、肝心のマグロ解体が出来るのかどうかをギルバートに訊いてみた。

「それで解体は可能か?」

「ええ、もちろんです。久しぶりに腕が鳴りますね」

「お、おお、そうか。じゃあ、任せてもいいか?」

「もちろんにございます」

レオルドはギルバートに後を任せて調理場を出ていく。そのままレオルドはベルーガのもとへ向かい、ギルバートがマグロの解体作業を始めた事を報告する。

「ほう。それは楽しみだな」

「まあ、私達は待たせていただきましょうか」

「そうだな」

それからレオルドはベルーガの元から公爵邸にある自分の部屋に戻る。

椅子に腰を掛け、大きく息を吐いて、窓から差し込む月を見上げた。

「今日は色々とあったな」

感慨深く独り言を呟いていたらノックもなしにシャルロットが部屋に入ってくる。

「そうね～。シルヴィアと婚約したんでしょ。これからどうするの？」

「そうだな。しばらくは領地の改革だ。もう俺の知っている歴史と同じかどうかは分からん。なら、出来る事はしておかないとな……」

「随分と自信がなさげね。何を心配しているの？」

「今、言っただろう。この先の事が全く分からないとな。だからこそ、備えはしておくべきだ」

「備えるって言ってもどのくらいよ？」

「……少なくとも今回の戦争で準備した数倍だな」

「そんなにも？　帝国との戦争以上に備えなければならないって何事よ……」

「魔王しかないだろ。魔物の王にして支配者。魔物を統べ、意のままに操る事が出来るんだぞ。その戦力は恐らく帝国の十数倍と考えてもいい。何せ、ゴブリンを始めとした小型の魔物は数え切れない程にいるのだからな。それが徒党を組んで襲ってくるんだ。帝国との戦争に用意した以上の戦力や物資が必要なのは当然だろう」

「確かに魔王は定期的に現れるけど、そこまで心配するほどかしら？」

「お前にとってはあまり脅威ではないだろうが、俺を含めた人類の大半は魔王と聞いただけで身震いするだろうな。過去の惨状を見る限り、魔王は恐怖の象徴でしかない」

「まあ、確かに被害は甚大なものばかりね」

かつて数百年前に現れた魔王によって多くの命が失われた。

魔物の王にして支配者であり、魔物を統べる圧倒的強者。

魔王は魔物を意のままに操る事が出来て、魔物行進(モンスターパレード)を引き起こす事が可能だ。

かつて、ゼアトを襲った魔物狂乱(モンスターパニック)と違い、組織的な動きを見せる魔物行進。

人間の軍隊のように徒党を組んで襲い来る最悪の災害だ。

しかも、人間と違ってあらゆる魔物が存在し、対処が難しくなる場合もある。

人間も厄介ではあるがあらゆる特性を持った魔物が混迷しているのだから。

「前回は確か、獣型の魔王だったかしら？」

「そうだな。一応、調べたが四足歩行型の魔王で四足歩行の魔物を中心とした魔物行進が村や街を襲い、壊滅させ、相当な人が死んだという。最後は人類の連合軍によって討伐されたが、それでも一千万もの人間が死んだ。これはとんでもない数だぞ」

「ちなみに貴方が言うゲームのラスボスである魔王はどんな姿形をしているの？」

「ゲームの通りなら人型だ。狡猾で慎重な性格でな。一番最初に神聖結界を持っているシルヴィアを罠に嵌めて殺すんだ」

「確かにシルヴィアは魔物からしたら天敵よね。だって、魔法、魔物、魔に関する全てを弾く神聖結界を有しているんだから。最初に狙われて当然ね」

「ああ。だから、シルヴィアの守りを徹底しなければならない。正直に言うとお前にシルヴィアの護衛をして貰いたい」

　だが、それは無理な話だ。

　シャルロットもシルヴィアの事は気に入っているが、あくまでも気に入っているだけだ。

「シルヴィアの事は好きよ。妹のようなものだと思ってる。でも――」

「分かっている。お前は国家に所属しているシルヴィアに肩入れをしない。そう言う事だな」

「分かってるならいいわ。シルヴィアが国を捨てるなら話は別なんだけどね～」

「それは無理な話だろう。シルヴィアがこの国を捨てるわけがない」

「分かってるわよ。ホントに勿体ないわ～」

勿体ないというのはシルヴィアの事だろう。

彼女の能力があればどこでも好きなようにやっていける。

それが出来ないのはシャルロットからすればとても勿体ないのだ。

「それで具体的にはどうするか決まってるの？」

「その事なんだがお前に魔王の捜索を頼めないか？　どこからどのようにして現れるのか全く分からなくてな。出来るなら魔王が生まれる前に片をつけたい」

「私に魔王を見つけ出して、始末しろって事でいいの？」

「ああ。可能か？」

「そうね～。難しい事ではないと思うけど、見つけられるかが問題ね」

「やはり、そこか……」

「狡猾で慎重な性格なんでしょ？　もしかしたら、私達を警戒して身を隠してるんじゃない？」

シャルロットの言う事ももっともだ。

魔王がレオルドの言う通りの性格ならばどこかに身を潜めているだろう。

それこそ、勝てる算段がつくまでは姿を見せないかもしれない。

いくらシャルロットが世界最強の魔法使いとはいえ、相手がいなければ意味がない。

「まずは見つける事が重要か……」

「見当はついてるの？」

「……予想も出来ん。どこから来るのか、いつ現れるのかすらな」

「もしかしたら、貴方が死ぬのを待ってるかもしれなかったり……」

「俺の寿命が尽きるのを待っているか……。あり得なくもないが」

自分が死ぬまで姿を現さないのなら、それはそれでいい。

いつか生まれてくる子供達には申し訳ないが死んだ後の事など考えても無駄でしかないからだ。

「まあ、魔王にプライドがあればその線は薄いかもね」

「さて、どうだろうな……」

今はどれだけ考えても仕方がない。

魔王が襲来するのかどうか定かではないが、今後の脅威に備えておくに越した事はない。

不安の種を一つでも取り除けるのならば、レオルドは喜んで働くだろう。

だが、レオルドは知らなかった。運命の女神は悪戯(いたずら)好きである事を。

第三話 ✧ 領地改革の再開

シルヴィアと婚約してから数日が経ち、式典の準備が整ったのでレオルドは王城へ向かう事になった。今日は戦争での功績について国王から正式に通達が行われる。

勿論、レオルドだけでなく多くの貴族が参加していた。

午前は式典で午後からは祝賀会という日程だ。

その際にレオルドとシルヴィアの二人が婚約した事を正式に発表する事になっている。

レオルドは正装に身を包み、欠伸をしながら今日のスケジュールを確認しつつ、馬車で王城へ向かっていた。

かつては緊張に身体が石のように固まっていたレオルドだが、多くの経験を経て心身共に成長したらしい。自然体のレオルドはむしろ様になっていた。

だが、やはり欠伸をするのはあまりにも緊張感がない。

だから、一緒に馬車に乗っていたギルバートが窘める。

「坊ちゃま。これから大事な式典だと言うのに気を抜きすぎですぞ」

「許せ、ギル。王城に着けば切り替えるから今はな」

「やれやれ、今だけですぞ?」

「ああ。すまんな」

そう言って気楽そうにレオルドは馬車の外を眺める。

緊張感の欠片もないが、その自然体な姿にギルバートは感慨深いものを感じていた。

昔とは違い、立派な人間になったと。

かつて金色の豚と揶揄されて貴族の恥晒しとまで言われていたレオルドがここまで成長したのだ。

ずっと近くで見守ってきたギルバートだからこそ感じる事であった。

それから、しばらくして王城へ馬車が到着する。

レオルドはギルバートを引き連れて王城へ入り、用意された部屋へ向かう。

そこでしばらく待機する事になる。

そして、部屋に騎士が訪れて式典の始まりだという事でレオルドは玉座の間へ向かう。

今回の主役はレオルドなのだ。最後に登場するのは当然の事であろう。

「では、扉が開きますので、しばしお待ちを」

「ああ。ご苦労だったな。下がっていいぞ」

「は！」

騎士に先導されてレオルドは玉座の間にたどり着く。

相変わらずバカでかい扉を見上げてレオルドは鼻で笑う。何度見ても意味のない扉だろる。
レオルドが一人うんうんと頷いていると、玉座の間に続く大きな扉がゆっくりと開かれ
うと。
（まあ、形は大事だよな。うんうん。見栄を張らなきゃね）

レオルドは気を引き締め、真面目な顔をして、扉が完全に開かれるまで待ち続けた。

そして、扉が完全に開かれるとレオルドの名前が呼ばれる。

それを聞いたレオルドはゆっくりとレッドカーペットの上を歩いて国王の前まで進んだ。

国王の前まで進んだレオルドは片膝を床につけると片手を胸に添えて頭を下げる。

忠義を示す姿勢をとったレオルドを確認してから式典は始まった。

まずは一人の文官がレオルドの成した功績を一つ一つ読み上げていく。

一つ一つ間違いがないかをレオルドに確認を取った。

それから順調に式典は進み、国王がレオルドを褒め称えて、褒賞として爵位、金銭、領地、そしてシルヴィアとの婚姻を発表して式典は終わる。

流石に今回は文句を言う貴族は一人もいなかった。むしろ、若干畏怖していた。

まだ成人して間もない若手貴族が常人には成し遂げられない功績を上げ続け、尚且つ王家の血筋まで分けてもらえる事に誰もが恐れ慄く。敵に回してはならないと。

だが、味方になればこれほどまでに心強い事はない。そこで多くの貴族が画策する。

どうにかレオルドと仲良くなる方法はないかと。

しかし、既にレオルドはシルヴィアと婚約を結んでおり、娘を宛てがうことも出来ない。レオルドがよほどの女好きであれば話は違ったのだが、残念ながらレオルドは普通の感性をしていてシルヴィアだけいればいいと考えているので貴族達の目論見は失敗する。

そもそも。転移魔法を復活させた時でさえ失敗しているのだから過去から学ぶべきであろう。

ならば、どうするか。方法は一つしかない。レオルドが興味のありそうな事を片っ端から交渉で試すしかない。女が駄目なら金、金が駄目なら人材や特産品などだ。そういったものをレオルドに持ちかけるしか方法はないだろう。

(何か寒気がするな……)

玉座の間を後にするレオルドは絡みつく視線に背筋を震わせる。チラリと肩越しから玉座の間に目を向けるレオルドは多くの貴族から気色の悪い目で見られている事を知った。

(ちっ……どうやって俺に取り入ろうかと考えてんのかよ。くだらん)

貴族達の思惑を見抜き嫌気がさしたレオルドは吐き気を催す。

レオルドは足早に玉座の間を後にして部屋へ戻る。

部屋に戻ったレオルドはドカッと椅子に勢いよく座り不機嫌だという事をギルバートに式典で何かあったのかと訊かれる。

「なにかあったのですか?」

「くだらん事だ。言葉にこそしていなかったが多くの貴族が俺に取り入ろうと画策していた」

「それは仕方がない事かと。今の坊ちゃまは王国で間違いなく一番勢いのある者でしょうから」

「そうだな。誰だって甘い汁を吸いたいはずだ。だが、気に食わん」

そう、レオルドが気に食わないのは楽をして甘い汁を啜ろうと考えている連中の事だ。

レオルドは運命に抗うために必死に努力をしてきた。

勿論、異世界の知識を用いた反則的な行いではあったものの、その全てが楽だった事はない。

その苦労を全く知らない連中にレオルドはいいようにされたくないのだ。

「ふん。命を賭けた事もない連中に甘い蜜をやるほど俺はお人好しではない」

苦楽を共にした騎士であったならレオルドは報いただろう。

モンスターパニックから戦争に至るまで命を賭けた者達だ。

それ相応の報酬があっても罰は当たらない。

レオルドはゼアトに帰ったら戦争に参加した騎士へ褒美を与えようと考えるのであった。

しばらく休憩した後、レオルドは祝賀会に向かう準備を始める。

ギルバートに式典用のスーツから祝賀会用のスーツに着替えさせてもらい、レオルドはしっかりと準備をしてから祝賀会へ向かう。

主役のレオルドが登場すると祝賀会は盛大に賑わう。救国の英雄が来たと。

面倒であるがレオルドは訪ねてくる貴族に挨拶を返し、会場の中央にいる家族の元へ向かう。

家族の元に着くとレオルドは堅苦しい雰囲気から解放されたと喜び、先程まで貼り付けていた偽りの笑顔から本物の笑顔を見せる。

たまたま、その笑顔を見た令嬢たちが心奪われてしまった事は言うまでもないだろう。

救国の英雄であり、今や時の人であるレオルドの笑顔だ。目にしてしまえば無事ではすまない。

しばらく、レオルドは家族の元で時間を潰し、最後に入ってくる王族を待つ。

やがて、騒がしかった会場も静かになり、王族が入ってきた事をレオルドは知る。

レオルドは家族と別れて王族へ挨拶に向かう。

その流れでレオルドとシルヴィアが婚約した事が発表される。

救国の英雄であるレオルドと国の守護神と称えられているシルヴィアが婚約した事を聞いた多くの者達が盛大な拍手を送る。

それから音楽が流れダンスが始まる。当然、レオルドはシルヴィアの手を取り中央で踊り始める。何度も見られた光景であったが今宵の二人は今まで以上に輝いていた。

そして、ダンスが終わりレオルドはシルヴィアと一緒に祝賀会を楽しむ。

豪勢な料理を味わい、ワインを嗜みながら二人は優雅に時間を過ごしていく。

しかし、そこに予想もしていなかった人物が二人の前に現れる。

そう、エリナ・ヴァンシュタイン。

これまでに何度もレオルドに悪態をついてきた公爵家の令嬢である。

「この度はご婚約おめでとうございます。レオルド辺境伯、シルヴィア殿下」

豪華なドレスに身を包み、礼儀正しく頭を下げるエリナにレオルドは怪訝そうに眉を寄せる。

今回はなにをしにきたのだろうかと。

ただ、二人の婚約を祝っているのを見ると、今回は特になにもなさそうだと思う。

「ああ、ありがとう」

「ありがとうございます。エリナ様」

一応、祝いの言葉を貰ったので御礼を返すレオルドとシルヴィア。

「シルヴィア殿下。失礼ながらレオルド辺境伯と二人きりでお話をさせて欲しいのですがよろしいでしょうか？」

「まあ、本当に失礼です事。私とレオルド様が婚約したという発表がつい先程あったばかりだというのに、私を差し置いてレオルド様と二人きりになりたいだなんて恥知らずもいいところですわ」

言いたい放題である。

しかし、シルヴィアの言い分は正しい。

つい先程、二人の婚約が発表されたというのにも拘わらずエリナはレオルドと二人きりになりたいと申し出たのだ。常識を疑われても仕方がないだろう。

「エリナ。悪いが二人きりというのは流石に無理だ。殿下と一緒でも構わないか？」

「……構いません」

「そうか。殿下、少々お付き合い願えないでしょうか？」

「レオルド様が言うならいいですわ。でも、エリナ様。事と次第によっては私容赦しませんわよ」

「はい……」

三人は会場を抜け出して、人気のない場所へと移動する。

会場からそれほど離れていない場所へ来た三人はそれぞれ向かい合う。

まず一番最初に口を開いたのはエリナだ。

「レオルド辺境伯。これまで数々の非礼をここに謝罪します。申し訳ありませんでした」

と、いきなり謝罪するエリナはレオルドに向かって綺麗に頭を下げる。

今までのエリナからは考えられない行動にレオルドは驚くが、すぐに他の要因であると見抜いた。

「ヴァンシュタイン公爵に言われたか？　俺と敵対するなと」

「……」

「沈黙は肯定ですわよ、エリナ様」

「その通りです……。父からお叱りを受けました。レオルド辺境伯に謝罪するようにと」

「そうか。まあ、そうだろうな。お前が俺に謝るなんて他の誰かに言われない限りはないだろうからな」

「……そうね。今でも貴方(あなた)に頭を下げるなんて嫌で仕方がないわ」

自分の立場を理解していないのか、エリナの口の利き方にシルヴィアが文句を言おうとするとレオルドが止める。

「レオルド様？」

「エリナ。聞きたいんだがお前はどうしてそこまで俺を毛嫌いする？」

レオルドはずっと気になっていた。過去の事を振り返ってもレオルドはエリナに対して嫌われるような事はしていない。

だから、どうしてそこまで自分を嫌うのかが不思議で仕方がなかった。

実際、運命48(ゲーム)でもレオルドがエリナに対して嫌がられるような事はしていない。

レオルドが実際に手を上げたのは公爵家に仕えていた使用人と弟妹、そしてクラリスだ。

ちなみに学生の時は公爵家という身分を笠にきて威張るだけだった。

「……貴方が気に食わないからよ。ベルーガ公爵やオリビア様を泣かせて、レグルスやレイラを蔑ろにして、使用人を理不尽に虐めて、挙句の果てには私の大切な友達であるクラリスに一生癒えることのない傷を心に負わせて！　その癖、今頃になって改心して！　救国の英雄？　ハッ！　笑わせないで！」

一度、息を整えてエリナはレオルドに向かって暴言を吐く。

「どれだけ貴方が偉業を成そうとも過去は消えやしない！　私からすればレオルド、貴方はただの罪人よ！」

覆水盆に返らず。エリナが言いたいのはきっとそういう事だろう。

確かにレオルドは転生してから数々の偉業を成した。

だが、それで過去が消えるわけではない。

過去にレオルドが傷つけた人々にとっては悪人に変わりないのだ。

「そうか」

「そうか……？　そうかってなによ！　貴方、私が言ってる事を理解しているの!?」

「理解しているとも。だからこそ、言ってやる。俺にはどうする事も出来ないと」

「なっ!?　そんな無責任な事を！」

「何度も言わせるな！　俺にはどうする事も出来ん！　そもそも過去は過去だ。今更騒いだ所で変える事など出来ん。だがな、受け止め、贖い、前に進む事は出来る。俺が過去にしてきた罪は確かに許される事ではないだろう。それでも、俺は振り返らず進む事しか出来ないんだ。どれだけ罵詈雑言を浴びようとも過去の罪を背負いながら前に進む」

「そんな……そんな事で許されるとでも思っているの!?」

「思ってなどいない。許されたくてやっているわけじゃない。それしか出来ないからやってるんだ。現にお前のように俺を恨んでいる奴は大勢いるだろう」

熱弁するレオルドはグッと拳を握り締め、エリナへ真剣な目を向ける。

「だから、俺はただひたすら前へ進む事しか出来ないんだよ」

「それじゃあ、貴方に傷つけられた人はどうすればいいのよ！」

「どうもこうも俺と同じように過去と割り切って前に進むしかない」

「それが出来ない人だっているわ！」

「なら、そこで一生蹲っていればいい。そこまで俺は面倒見きれん」

「貴方がそうしたんじゃない！」

「ああ、そうだとも！　だがな、いつまでも過去に囚われて前に進もうとしないのはそいつ自身の罪であり、俺の罪では断じてない！」

「追い詰めたくせに！」

「切っ掛けは俺かもしれんが、そこで足を止めているのはそいつ自身の意志だ！」

「誰かに手を引っ張ってもらわなきゃ歩けない人だっているわ！」

「手を引いてやらねば歩けないのなら、いくらでも俺が引っ張ってやろう！」

「そんなの嫌に決まってるわ……」

「ならば、他の者に任せるしかない。俺は全てを救えるなどとは思っていないからな」

エリナはついに何も言わなくなった。どれだけ責めようともレオルドは既に過去のことを受け入れており、自分が何をするべきかを知っている。

だから、どれだけ非難されようともレオルドは意志を曲げる事をしない。

何も言えなくなったエリナは呆然と立ち尽くす。

そんなエリナをどうこう言うわけでもなくレオルドはシルヴィアを連れてパーティ会場へ戻ろうとするが、シルヴィアはレオルドから離れてエリナの元へ向かう。

「殿下？」

「レオルド様。申し訳ありません。エリナ様とお話がしたいので防音結界を張っていただけないでしょうか？」

「そうですか。わかりました」

レオルドはシルヴィアがなにを話すのかを聞くこともなく、ただ願いを叶えて二人の周りに防音結界を張った。

茫然自失だったエリナはシルヴィアと防音結界に包まれて困惑する。

レオルドとの話し合いは終わった。ならば、なぜシルヴィアは自分の元へ来たのだろうかと。

「本当は言いたくありませんでしたが、貴女が哀れに思えたので教えましょう。レオルド様はかつて自身が犯した罪で傷つけた人達に謝罪しているのです」

「え……？　でも、彼はそのような事など一言も」

「レオルド様が言った所で貴女は信じましたか？　頭ごなしに否定するのではありませんか？」

「そ、それは……」

「信じませんよね？」

まるでそれが当たり前だと分かっていたシルヴィアは話を続ける。

「ですが、信じなくても信じてもレオルド様は自らそのような事を吹聴するお方ではありません。事実、レオルド様が被害者の方々に頭を下げて回った事は一部の者しか知りませんから」

「どうして、殿下は知っているのですか？　彼から直接聞いたのですか？」

「いいえ。私も報告で聞くまでは知りませんでしたわ。レオルド様は今や国の重要人物。

「殿下……？」

ですから、その動向を把握する為に監視をつけているのです。監視の際にレオルド様が被害者の方々に頭を下げていたのを知ったのです。勿論、謝った所で許してくれる方はごく僅か。ほとんどの方は恨み辛みをレオルド様に吐いておられました。中には暴力を振るわれる方もいましたわ」

「そんな……嘘……」

「嘘ではありません。全て事実です。それからレオルド様は金銭的な援助などを惜しむ事なくしていますわ」

「では、ヴァネッサ伯爵にも？」

信じられないといった様子のエリナは一番被害の大きかったクラリスの事についてシルヴィアに尋ねる。

「残念ながらヴァネッサ伯爵とは確執がありますのでレオルド様は間接的に援助をしているだけです。それしか自分には出来ないからと……」

レオルドがクラリスを襲った時の事は既にハーヴェスト公爵家が謝罪をしている。

慰謝料などの金銭も支払っており、クラリスが今後の生活で困らない為に色々としているのだ。

しかし、問題が発生した。

それはレオルドが改心して華々しい功績を挙げたこと。

そのせいでヴァネッサ伯爵はあらぬ勘違いをされることになる。

レオルドはクラリスと結婚したくないが故に金色の豚と言われるまで堕落して自分を偽っていたのではないかと噂(うわさ)されてしまい、ヴァネッサ伯爵のほうに問題があるのではと。

それは違うと公爵家が否定しても火に油を注ぐように噂は広がり、ヴァネッサ伯爵の立場が追い詰められていく事になった。

しかし、それを止めたのがレオルドだ。クラリスが自身のせいで苦しめられている事を知ったレオルドは早急に手を打った。

噂の火消しに走り、出所を突き止めて真実を伝えるように仕向けた。

そのおかげでヴァネッサ伯爵は落ちぶれることがなかったのだ。

（あ……。クラリスの悪口がいつの間にか無くなっていたのはレオルドのおかげだったって事？　それじゃあ、私は何も知らずに……！）

思い返せば闘技大会が終わった頃から、クラリスへの陰口は消えていた。

エリナはそれを自分達が噂なのだと否定していたからだと思っていたが真実は違う。

闘技大会でレオルドがクラリスの現状を聞いて手を回した結果だ。

そうとは知らずにレオルドが悪いのだと決め付けていたエリナは今更ながら後悔する。

「私は……わたしは……」

知らなかったとはいえ、レオルドを責めて正義感に浸っていたエリナは真実に辿(たど)り着き、涙を流し始める。

結界内で何を話しているか全くわからないレオルドは突然泣き出したエリナを見て驚く。

まさか、エリナが人前で涙を流すとは思ってもいなかったから。

それもエリナが嫌いなレオルドがいる前でだ。

エリナが涙を流したことでレオルドは一体なにを話しているのか気になってしまう。

だが、防音結界を張ってほしいとシルヴィアに頼まれたので追及はしない。

聞かれたくないからシルヴィアは防音結界を頼んだのだから、無理に聞く必要はない。

それに誰にだって聞かれたくない話の一つや二つはあって当然だ。

「どうして涙を流しているのかは聞きませんわ。ですが、これで分かったと思います。レオルド様は罪を犯しましたが決してそれを忘れているわけではないと」

「そうですね。殿下のおかげで思い至る事ができました」

「それはなによりです」

話し合いは終わり、シルヴィアはレオルドの方へ振り返る。

レオルドはシルヴィアが振り返ってきたので話し合いは終わったと気がつき防音結界を解除する。

「殿下、話し合いは終わりましたか？」

「ええ。終わりましたわ」

シルヴィアはレオルドの手を握り、パーティ会場へ戻ろうと歩き出す。

釣られるようにレオルドも歩き出すと、エリナが声を掛けてくる。

「待って」

「……もう話す事はないと思うのだが」

「最後に一つだけ聞かせて。貴方はこれからも前を向き続けるの？」

「いつかは立ち止まり、振り返る時も来るだろう。だが、その時までは止まることなく俺は前に進む。そう俺は決めたのだからな」

「そう……」

これで完全に会話は終わり、レオルドは歩き出そうとした時、最後の最後に意地悪をする。

「そうだ。エリナ。ジークフリートと結ばれたいならお前自身も努力する事だな」

「なっ、はあっ!? よ、余計なお世話よ！！！」

顔を真っ赤にして怒鳴り声を上げるエリナを鼻で笑いレオルドはシルヴィアと一緒にパーティ会場へ戻っていった。

そして、一人残されたエリナは悔しそうに呟く。

「やっぱり、嫌いよ。あんなヤツ」

本心から出た言葉であった。エリナはレオルドのことは多少認めても嫌いなのは間違いなかった。

パーティ会場へ戻った二人のもとへ思わぬ客が訪れる。

「レオルド辺境伯、エリナを知りませんか？」

レオルドに近付いたのはジークフリートであった。

レオルドがジークフリートへ目を向けると、遠目にクラリスやコレットといったヒロイン達を見つけた。

こちらを見ているが近付こうとはしていない。レオルドも目が合ったが声を掛ける事はしない。

まずは目の前にいるジークフリートの問いに答えるべきだとレオルドは視線を戻した。

「知らん」

「え？　でも、さっき一緒に会場から出て行くのを見かけたんだが……」

「ジークフリート。言葉遣いには気を付けろと教えたはずだが？」

「あっ！」

ジークフリートは思わず素の口調でレオルドと話してしまい、それを注意される。

慌てて口を塞ぎ、周囲を見渡すが目の前にレオルドとシルヴィアがいるので意味がない。

「殿下。大目に見てやってください。ジークフリートは少々敬語が苦手のようですから」

「レオルド様が何も言わないのでしたら私もとやかく言う事はありませんわ」

レオルドはジークフリートがタメ口で話した時、シルヴィアの腕を摑む力が一瞬強くなったのを感じてフォローに回った。

「も、申し訳ありません。それでレオルド辺境伯。エリナはどこに行ったのでしょうか？」

「知らんと言ったろ。まあ、しばらくしたら戻ってくる。だから、安心しろ」

「そ、そうですか。わかりました。それでは失礼します」

慣れていないのかぎこちなく頭を下げるジークフリートにレオルドは思わず苦笑いしてしまう。

（ゲームならばお前が英雄で頭を下げるような立場じゃないもんな）

そう、運命48であればジークフリートこそが英雄でレオルドは敵前逃亡したかませ犬なのだ。

むしろ、頭を下げなければいけないのはレオルドの方だ。

しかし、この現実世界では立場が逆転している。

レオルドが英雄でジークフリートはおこぼれにあずかった運の良い騎士と呼ばれている。

多くの者が勘違いしているがジークフリートも貢献している。

ただ、レオルドの功績が桁違いなので霞んでいるだけだ。

レオルドは去っていくジークフリートを目で追いかけて、ヒロイン達に囲まれるジークフリートを見て首を傾げる。

（あれ？　思ったより少ない？　もっといたはずだけど……？）

潜入作戦のメンバーを決める時に腕試しをした際に比べると、今のジークフリートの周囲にいるヒロインは少ない。これはレオルドのせいである。

運命48ならばジークフリートは英雄扱いなので、パーティ会場に平民のヒロインを招いても問題はなかった。

だが、今は潜入作戦の功績を認められて男爵から子爵になっただけである。

つまり、ジークフリートにそこまでの権限がないのだ。

そのせいで何人かのヒロインはお留守番というわけなのだ。

まあ、そのような事をレオルドは知らないので勘違いをしている。

（もしかして俺のせいでフラグとか折れたのか？）

そんな事はない。ジークフリートはちゃんとハーレムを作っている。

ただ、この場には来られなかったヒロインがいるだけだ。

「レオルド様？　先程からぼーっとしていますがお体の具合でも悪いのですか？」

「いえ、少し気になる事がありまして、それについて考えていただけです」

「そうですか？」

「ええ。申し訳ありません。殿下にはご心配をかけました」

ぺこりと頭を下げてシルヴィアに謝るレオルド。

そんなレオルドにシルヴィアは頭を上げるように言う。

「レオルド様。今宵は貴方が主役のパーティです。ですから、頭を上げてくださいまし。それに私は、こ……婚約者なのですから心配するのは当然です」

自分のセリフが恥ずかしかったのか、シルヴィアはほんのりと顔を赤く染めている。

その様子が可愛らしくて思わず抱きしめてしまいそうになる衝動を抑え込みレオルドは頭を上げてシルヴィアを見詰める。

「ふふ、そうですね。私も同じ気持ちです。殿下」

二人はここがパーティ会場だということを忘れているのかイチャイチャしている。

もちろん、仲がいいのは大変よろしいのだが時と場合は考えて欲しいものだ。

とはいえ、本日の主役であるレオルドに、その婚約者であるシルヴィア。

その二人が人目も憚らずにイチャイチャするのだから注目されるのは言うまでもない事だった。

「で、殿下。夜風に当たりにでも行きましょうか」

「そ、そうですわね。少し暑いのでそれがいいですわ」

注目されていた事に気がついた二人は顔を真っ赤にして一緒にパーティ会場からテラス

へ向かう。

その様子がとても初々しかったので会場にいた多くの貴族は生暖かい目で二人を見送った。

テラスへ出た二人は大量の視線から解放された事に安堵した。

ふう、と同時に息を吐いて二人は互いに顔を見て笑い合う。

「ふふ、レオルド様も恥ずかしかったのですね」

「んぐ……。まあ、そういう殿下もでしょう？」

「あら、私はそうでもありませんわ」

「ほほう？　言いましたね？」

「ええ。言いましたわ」

むむむ、と睨み合う二人であったが、やがてぷっと吹き出して、また笑い合う。

「このような時が来るなんて思いもしませんでした」

「全くです。初めて会った時はとても可憐なお方だと思っていたのに、いざ話してみればとんでもないお方だったのですからね」

「あら、それはお互いさまではなくて？」

「まあ、そうですが……」

ポリポリとバツが悪そうに頬をかくレオルドはそっぽを向いた。

「レオルド様」

「はい――」

名前を呼ばれてレオルドが振り返ると、頬に柔らかい何かが当たる。フワリと鼻腔をくすぐる甘い香りに視界に広がる煌く金髪。そして、最後に目が合うのは青く澄んだ瞳。

「なっ、なあっ!?」

「ふふっ、ほら、やっぱりレオルド様のほうがお顔が赤いですわ」

離れていくシルヴィアは可愛らしい小悪魔のように笑う。

レオルドは頬にキスをされて嬉しい気持ちと恥ずかしい気持ちと驚きで頭がパンクした。

そんなレオルドに背を向けてシルヴィアは唇を指でなぞる。

「うふふ。こっちはまだ先です」

そう言って楽しそうに笑うシルヴィアはバグっているレオルドの手を引っ張りパーティ会場へ戻っていく。

「ちょ、殿下。待って、まだ顔が元に戻ってないから！」

シルヴィアに引っ張られてパーティ会場へ戻ったレオルドはなんとか会場へ戻る前に緩んでいた顔を元に戻す事が出来た。

これで変な質問をされずに済むと安心したレオルドは一息つくのだった。

それから、二人は会場へ戻り、多くの貴族と話す事になる。

基本はお祝いの言葉をいくつか貰うだけであるが、中にはレオルドの懐に入ろうとしている者もいた。

妙に媚びへつらうのでレオルドは適当に受け流して、そういった貴族は追い払った。

「ふう……」

「大変ですわね」

「まあ、仕方がありません。少々、私は目立ちすぎてしまいましたので。しばらくは多くの貴族が私の元を訪れるでしょう。考えるだけで憂鬱です」

「大丈夫ですわ。レオルド様。私がお支えしますので、レオルド様はどうかいつも通りに振舞ってくださいませ」

「殿下……。ははっ、頼もしい限りです。これからよろしくお願いしますね」

「はい！　お任せください！」

シルヴィアはレオルドの為に自ら防波堤になることを決める。

少し前は自信がなくてシャルロットにお願いしようと考えていたが、今は違う。

シルヴィアは自分に出来る事は全力でやろうと誓った。

それがレオルドの為、自分の為になるのだから当然だ。

そして、ついに祝賀会も時間が来てしまい終了となる。

貴族達は解散して、各々の屋敷へと戻っていく。

レオルドも同様に屋敷へ戻るのだが、婚約者であるシルヴィアへ帰る前に挨拶をする。

「それでは殿下。良い夢を」

「……まだレオルド様と離れたくはありませんわ」

珍しく我が儘を言うシルヴィアにレオルドは驚くと同時に愛おしさが溢れてくる。

可愛らしい我が儘にレオルドはつい返事をしてしまいそうになるが、まだ婚約したばかり。

ならば、ここは我慢するしかない。レオルドは溢れ出る煩悩を抑え込んでシルヴィアの手を取る。

「たとえ、どれだけ離れていようとも私は殿下の事を想っております。ですから、どうか今宵はこれでお許しを」

気障ったらしい台詞を吐きながらレオルドはシルヴィアの手の甲へ唇を落とす。

普段のレオルドからは考えられない行動だが、酒も入っている上にシルヴィアと両思いということもあって羞恥心など吹き飛んでいる。

つまり、今宵のレオルドは精神的に無敵だ。

この事を後から他人にからかわれでもした日には悶絶しながら大爆発を起こして死ぬ。

「レオルド様……」

当然、シルヴィアも酒を飲んでいるのでレオルドの行動にドキドキしている。心地の良い胸の鼓動にシルヴィアは満足してレオルドへ微笑む。

「私もです。レオルド様」

そして、ようやく離れる二人。だが、忘れてはいけない。

レオルドもシルヴィアも高貴な身分であるので使用人や執事、そして護衛が二人を見ていたのだ。

もちろん、彼らの役目は護衛や身の回りのお世話なので二人をからかう事はない。が、プライベートになれば、もしかしたらからかわれるかもしれない。

レオルドはギルバートと共に馬車へ乗り込み、シルヴィアはリンスとレベッカに連れられて王城へ戻っていく。

屋敷へ戻ったレオルドが自室へ帰ると、そこにはシャルロットが待っていた。

珍しい事もあるものだなと思いながらレオルドは椅子へ座る。

「どうした？　シャルが俺を待っているなんて」

「特に大した用事はないわ。ただ、暇だったから」

「そうか。なにか飲むか？」

「じゃあ、なにか貰おうかしら」

「わかった。少し待っていろ」

レオルドは使用人を呼んで酒とつまみを持ってこさせる。

使用人が持ってきたつまみはマグロの刺身であった。

どうやら、レオルドが取ってきたマグロが大量に余っているらしい。

「ふむ。まさか、この世界でもマグロの刺身を食べられるとはな」

「貴方の世界にもいるの？」

「ああ。高級魚でな、最高で三億ほどにもなっていた」

「凄いわね。私、あんまり魚は食べた事なかったから驚きだわ」

「そうか。なら、この機会に食べておけ。損はないさ」

「そうさせてもらうわ」

他愛もない話を続けながら二人は酒を飲み、刺身を食べる。

このくらいの距離感が二人には丁度よかった。

「ねえ、レオルド。祝賀会も終わったんだからゼアトに帰るんでしょ？」

「あー、その事なんだが、少し王都に滞在する事になったんだ」

「え？　どういう事？」

いまいちピンと来ないシャルロットはレオルドに疑問の目を向ける。

「まあ、ほら、アレだ。俺と殿下は婚約しただろう？　それで陛下からのお願いを一つ聞く事にしてな。だから、しばらくは王都で過ごす事になる」

「どんなお願い？」

「今、この王都は殿下の神聖結界で守られている事は知っているな？　今回、お願いされたのは殿下の神聖結界に代わるものを作って欲しいという事だ。そうすれば殿下も自由に王都から離れる事が出来る」

「あー、そういう事ね。確かに貴方と結婚したらシルヴィアはゼアトに来なければいけない。でも、そうしたら今まで守っていた王都の守りが無くなるから、その代わりが必要ってわけね」

「そういうことだ。だから、転移魔法でゼアトに顔を出しには戻るが、しばらくは王都で神聖結界の代わりになるものを開発する」

「ふーん。それを私に聞かせたって事は手伝って欲しいって事？」

「まあ、そうだ。無理なら別にいい。ルドルフをゼアトから呼び寄せるだけだから」

シャルロットは国家に関わらない事を信条としているので今回の話は完全にアウトだ。手を貸せば王国に貢献する事になる。だから、手を貸せない。

しかし、シャルロットは迷う。

今回の話は確かに王国に旨みがある話ではあるが、シルヴィアの幸せにも直結する。好きな人の側にはずっといたいはずだとシャルロットは思っている。

そこでシャルロットは決断する。

「手伝ってあげる。ただし、あくまでも貴方とシルヴィアのためよ？」

「そうか！　お前には本当に助けてもらってばかりだな。ありがとう」

「気にしなくていいわ。可愛い妹分のためだもの。それに……」

途中で喋るのをやめてシャルロットは酒を飲み、レオルドをチラ見する。

「ん？　どうした？」

「んふふ。なんでもないわ。なんでも」

「そうか？　まあ、なんにせよ、今後ともよろしくな、シャル」

「ええ。よろしくね、レオルド」

そうして、夜は更けていき、レオルドはシャルロットとの話し合いを終えて眠りに就いた。


翌朝、目が覚めたレオルドは日課の鍛錬を行い、その後朝食を取り、ゼアトへ一時帰宅する。

レオルドがゼアトに戻ると、文官達が押し寄せて溜まりに溜まった報告書を提出してきた。

だが、レオルドが戻ってきたのは仕事の為ではなく、国王からお願いされているシルヴィアが持つ神聖結界の代用品を作るため。

だから、レオルドは大きな隈を作ってゾンビのような見た目をしている文官達から逃げてルドルフを探す。

ルドルフは研究所にいたのであっさりと見つかり、レオルドは何の説明もなくルドルフを連れて王都へ戻る。

王都へ戻ったレオルドは追いかけてきていた文官達を振り切ったので安堵のため息を吐く。

「ふう、ようやく撒いたか」

「レオルド様。いきなり連行されて訳がわからないのですが説明はしていただけるので？」

「ん？　ああ、まあ、ルドルフには国王からのお願いを手伝ってもらおうと連れてきたんだ」

「ほう。それでどのような内容なのですか？　私を連れてきたという事は少なくとも穏やかな内容ではないのでしょう？」

「いや、なにを物騒な考えになってんだ。普通に穏やかだわ！」

「それはそれは、珍しい。私を呼んで穏やかなお願いとは？」

「まあ、歩きながら話そう」

ルドルフはゼアトでもぶっちぎりの虚弱体質なので少し走るだけで息を切らす。

なので、レオルドはルドルフを担いで走っていたのだ。

しかし、今は追いかけてくる文官達もいないので走る必要はない。

だから、もうルドルフを担いでいる必要はない。

レオルドはゆっくりとルドルフを地面に下ろして、二人並んで歩き始める。

「ルドルフ。お前を呼んだのはシルヴィア殿下の持つスキル、神聖結界に代わるものを開発するためだ」

「そうなのですか。しかし、おかしい話ですね。確か、シルヴィア殿下の神聖結界は多くの研究者が解明して代用品を作ろうとしているはずです。ですから、我々にその話が回ってくるのは不思議なのですが？」

何故、自分達にそのような話が来たのか分からないルドルフはレオルドに説明を求める。

「うむ。お前の言うとおりなんだが、まだゼアトには俺とシルヴィア殿下が婚約した事は伝わってないのか？」

「おや、それはおめでとうございます。しかし、初耳ですね。今知りましたよ」

「転移魔法陣が普及しているから情報の伝達も早いと思うんだが……まあいい。そういうわけでシルヴィア殿下の神聖結界に代わるものを俺が作らねばならなくなったんだ」

「あー、そういう事ですか。シルヴィア殿下は王都から離れる事が難しい。そして、婚約されたのでいずれはレオルド様の元に嫁ぐ事になるから王都を離れる必要がある。ですから、レオルド様にお願いするしかなかった、国王陛下はと。なるほど、なるほど」

「理解が早くて助かる。早速、今日から王都の研究所に向かい、シルヴィア殿下の神聖結界に代わるものを作るぞ」

「承知しました。ところでシャルロット様はご協力なさるので？」

「勿論だ。俺達三人を中心としてチームが作られる。まあ、選抜するのは俺だけどな」

「おお、それは素晴らしい。研究者としての血が滾りますね！」

ルドルフは歓喜する。レオルドは最高の上司であり、多少の責任なら全て背負ってくれるので、ある意味免罪符だ。

それに加えて圧倒的な知識量を誇る世界最強の魔法使いシャルロットまでいる。

かつて三人で魔法陣や魔道具を開発していた日々が再びやってくるのだ。

これを喜ばずして何を喜べばいいとルドルフは期待に胸を膨らませるのであった。

それから二人はシャルロットと合流して王城へ向かう。

まずは国王に報告してから研究所へ向かう手筈になっている。

報連相は大事。とても大事。なにせ、この三人は特大の爆弾扱いされている。

理由はゼアト防衛戦で見せた数々の凶悪な大量殺戮魔法を開発したから。

そういうわけで報連相は必須なのだ。この三人が何を仕出かすか分からないので。

国王のもとに来たレオルドは二人を背後に侍らせて、今日から神聖結界に代わるものを開発していく事を報告する。

「レオルドよ。一応、言っておくが爆発とかはさせるなよ？」

「……保証しかねます」

「レオルド辺境伯！　もしも研究所を爆破でもしたら、その時は修理費用を請求するからな！」

国王の側にいる宰相がレオルドに忠告する。それを聞いてレオルドは目を輝かせる。自腹でいいなら、いくらでも建物を吹き飛ばしていいんだと理解したレオルド。解釈違いである。

宰相が言いたかったのは自腹を切りたくなかったら妙な真似（まね）はするなという事。それを勘違いしたレオルドは深々と頭を下げて返事をする。

「承知いたしました！　このレオルド・ハーヴェスト。粉骨砕身、頑張らせていただきます！」

妙に気合が入っているレオルドを見て国王と宰相は不安を抱くが、目の前にいる三人に頼るしかない。なにせ、これまでに多くの費用を投じておきながら神聖結界に代わるものを作る事が出来なかったからだ。

だから、優秀ではあるが問題児の三人に頼るほか手はなかった。

その後、レオルド達が去っていく姿を眺めながら国王と宰相は話し合う。

「大丈夫だと思うか？」

「わかりませぬ。あの時の辺境伯の顔はなぜかとてつもなく輝いておりましたが猛烈に嫌な予感が脳裏を過りました」

「ああ、それは私もだ。レオルドは確かに良い方向へ変わったが時々昔以上に悪い方向に変わったと思う時もある。それがまさにさっきだ」

「何も起きなければいいのですが……」

「一応、騎士の配備を増やしておけ」

「わかりました。指示を出しておきましょう」

そう言って宰相は国王に一礼し部屋を出ていく。

一人、残された国王は研究所の方を眺めながら大きな溜め息を吐くのであった。

研究所へ着いた三人は早速、シルヴィアの神聖結界の代用品を開発すべく計画を立てる。

まずは、プロジェクトチームの立ち上げからだ。

リーダーはレオルドが務め、副リーダーにルドルフを採用。

そして、シャルロットは特殊な立ち位置でレオルドの相談役。

ひとまず、レオルドは今までシルヴィアの神聖結界を解明し、代替品となる魔法を開発しようとしていた研究者達へ会いに行く。

研究者達と顔を合わせたレオルドはこれまでの資料を受け取り、ルドルフ、シャルロットと共有する。分かった事は再現不可能という事。

そこで、ルドルフが提案したのは模倣ではなく改良をすべきという事。確かに、模倣が出来たら魔物と魔法を完全に防ぐ事が出来るが、今の魔法技術では到底不可能である。

なので、現存の結界魔法を改良した方が手っ取り早いとなった。そうと決まれば話は早い。

レオルドは研究者達の中からプロジェクトチームへ引っ張っていく。

その時、研究者の一人に見覚えのある女性がいた。レオルドが見覚えがあるといえば、もう考えられる事は一つしかない。そう、ジークフリートのハーレムメンバーである。

「ん？　お前は確かフローラ・フィリップスか」

「え？　どうして私の名前を辺境伯が……？」

「名札に書いてあるだろう」

そう言ってレオルドが自身の胸を指差すとフローラは自分の名札が胸についている事を思い出す。

「あ、そうでした。これは失礼しました、辺境伯」

自身の物忘れで思わずレオルドへ聞き返してしまったフローラはペコリと頭を下げた。

「ふむ……」

対するレオルドはフローラについて考える。

見た感じではレオルドに対して嫌悪感を抱いているようには見えない。

フローラは強くはないが研究者なので頭は良い。

今回のプロジェクトに是非とも参加して欲しい所なのだが、果たして彼女がどう反応するかわからないのでレオルドは悩む。

しかし、エリナのように嫌われているように見えないので、とりあえずレオルドはフローラをチームに誘う事にした。

「フィリップス嬢。お前さえよければプロジェクトに参加してみないか？」

「ええっ！　いいんですか!?　それならば是非！」

「お、おう」

フローラは最初渋ると考えていたレオルドだったが、まさか目を輝かせて迫り来るほど乗り気だとは思いもしなかったので怯んでしまう。

「やけに乗り気だが、どうしてだ？」

「え？　だって、レオルド辺境伯に加えてルドルフさん、それに世界最強と謳われるシャルロット様までいるんですよ!?　むしろ、二つ返事で了承するのは当然です！」

「お、おう。そうか。まあ、やる気があるならこちらとしても有り難い」

「はい！　フローラ・フィリップス！　不肖の身ながら誠心誠意頑張らせていただきます！」

「よ、よろしく」

こうしてレオルドを中心としてシルヴィアの神聖結界に代わる結界魔法を開発するメンバーが揃った。

メンバーも揃った事なのでレオルドは早速、既存の結界魔法について調べていく事にした。

まずはどのようなものを目指すかだ。理想はシルヴィアの持つ神聖結界だ。

だが、それは現存の魔法では不可能なので妥協案を見つける事から始める。

そこでレオルドは会議を開き、どのようなものを開発するかを協議するのであった。

多くの案が飛び交い、会議は長々と続いた結果、深夜にまで及んだ。

そして、その結果生まれたのが深夜テンションで考えられたアホな結界である。

「よし！　じゃあ、僕が考えたさいきょうの結界！　これで決まりだ！」

『おー！！！』

一同ノリノリである。テーブルに敷かれた大きな用紙にそれぞれの案を合体させて、子供のような答えに至った。

それで良いのかと誰もが問いたくなるが残念な事に、この場にまともな思考を持っている者は一人もいなかった。

そのまま、研究所で仮眠を取ったレオルド達は結界魔法についての資料を集めて開発へ移る。

当然、一度しっかりと脳を休めたので全員が正気に戻っている。

だから、メンバーのほとんどが困り果てている。どうして、あのような結果になったのかと。

確かに当初は素晴らしいと考えていたが、冷静に考えてみれば後悔しかない。

なにせ、現存している魔法にシャルロットの持つ古代魔法やレオルドの持つ現代科学の応用。

もはや、実現不可能レベルだ。

しかし、レオルド、ルドルフ、シャルロット、フローラの四人は張り切っている。

自分達ならば出来ると信じきっているのだ。

ただし、フローラはこの機会に三人から学べる事を沢山学んでおこうというハングリー精神だが。

それからはひたすらに実験の繰り返しである。

レオルド、シャルロット、ルドルフを中心に新たなる結界魔法が生み出されるが、完成には及ばない。

「うわあああああっ！！！」

「きゃあああああっ！！！」

「ぐわあああああっ！！！」

　当たり前のように実験は失敗すると大爆発を起こして研究所を吹き飛ばす。

　ちなみにルドルフだけ毎回本当に死に掛けているのでシャルロットが回復させていたりする。

「やっぱり、あそこの術式がおかしかったのか？」

「魔法陣の構造も見直すべきね」

「こちらの術式を試してはどうでしょうか？」

　レオルド達が作ろうとしている結界は複雑怪奇な構造になっているのでかなりの試行回数が必要になってくる。

　しかし、完成さえすれば既存の結界魔法を大きく上回る性能を秘めている。

「す、すごい……！　あれだけ死に掛けていながら、諦めない精神！　見習わなくちゃ！」

　一緒に実験を見学しているのでフローラも当然のように爆発に巻き込まれていた。

　今は瓦礫の下敷きになりながらも三人を尊敬の眼差しで見詰めている。

「お前、いいから早く出て来い！」

　同僚達がフローラを助ける為に瓦礫の撤去作業をしているのだが、当の本人が動こうとしないので怒って頭を叩いた。

「あいたっ！　あ、ごめんなさい！」

　ようやく救助されていた事に気がついてフローラは瓦礫の下から抜け出した。

レオルドが神聖結界の代用品を開発し始めてから、数日が経過した。

なんとその数日間で両手の指では数え切れないほどレオルドは研究所を爆破したのだ。

おかげで修理費は莫大なものとなったがレオルドの財産には大した影響はなかった。

しかし、レオルドには大した影響はないが国は違う。

レオルドが毎回のように爆破させるので国民からは不安の声が上がっており、国王はその弁明に頭を悩ませていた。

「ううぅ……、一体いつあの爆発は終わるのだ？」

研究所から届いた報告書で、レオルドが行っている事を知った宰相が怒って注意しに行こうとした事がある。

だが、不運な事に宰相が研究所に辿り着いた瞬間に研究者達が中から飛び出してきて、宰相の目の前で研究所が爆発した。

それに巻き込まれた宰相は怪我こそ負わなかったが、爆煙の中からケロッとした様子で出てくるレオルドに何も言えなかった。

今では天に任せるしかないと完全に放置している。

ちなみにだが、子供達には大人気である。一種のエンターテイメントと化しており、一部の者達は今日も爆発するかどうかを賭けていたりする。

結界魔法を作っているのにどうして爆発するのだろうかと疑問に思うだろう。

理由は簡単だ。混ぜるな危険を平然と四人が行うのだ。

本来であれば掛け合わせてはダメな術式も一部を組み替えて繋げば機能する。が、それは一つ間違えたら大惨事を招くことになる。その結果が爆発騒ぎである。

ストレスに禿げてしまいそうになる国王は窓から研究所の方を見詰めて大きな溜息を吐いた。

「はあ～～～……」

国王がストレスに悩まされている頃、レオルドは今日も元気に結界魔法の改良に励んでいた。

ルドルフと既存の魔法陣を組み替えて、小さな爆発を起こしながら開発を進めている。

「う～む。やはり、反転術式だと相性が悪くないか？」

「しかし、性能が落ちてしまいますよ？」

「むむ、それはダメだな。神聖結界に負けず劣らずを作らねばな」

そう言ってレオルドとルドルフが唸りながら頭を悩ませているとフローラが二人に別の術式を提示する。

「では、こちらの術式はどうですか？」

「む？　これだと暴走しかねないか？」

「いや、これですと理論上ならば可能ですね。ただし、失敗すると魔力が暴走して爆発しますが」

「ですです。ルドルフさんの言うとおりです。これとこれは本来ならば使用してはいけないのですが、ここところを組み替えれば理論上は発動します」

「おお！　試してみるか！」

「そうですね。何事もやってみなければわかりませんから」

三人は喜んで魔法陣を組み替えていき、新たな術式を刻んで構築していく。

少しでも間違えてしまえば、魔力を流した時大爆発を起こしてしまうのだがレオルド達には関係ない。魔法の進歩に失敗はつきものなのだ。

「よし、早速試してみようか」

「ちょっと待ちなさい！」

ここでシャルロットが待ったをかける。

魔力を流して発動しようとしていたレオルドは手を止めてシャルロットの方へ顔を向ける。

「どうした？　なにかあったか？」

「フローラの考えは悪くないんだけど、ここをこうすればもっと良くなるわ」

「おおっ！　確かにこれなら効率が倍になります！」

「流石、シャルロット様。勉強になります！」

「ふふん。もっと褒めてもいいのよ～」

キャッキャッと盛り上がっている四人ではあるが、側で見ている研究者達は気が休まらない。

なにせ、少しのミスで爆発を起こすのだから死が隣り合わせになっているのだ。

気が休まらないのも仕方がない事だろう。

「ようし！　では、実験開始！」

魔法陣にレオルドは惜しみなく魔力を注入する。

すると、魔法陣が輝きを放ち、成功に見えたが光の色が変色した。

「ぬぅ！　総員、退避ッ！！！」

レオルドの言葉を聞くよりも先に研究者達は行動に移していた。

真っ先に外へ向かって飛び出していく研究者達を見てレオルドは感心する。

よく訓練された動きだと。まあ、彼らが機敏な動きを出来るようになったのはレオルドの所為なのだが、知らなくてもいいことだ。

それから数秒後、研究所は爆発して吹き飛んだ。

音こそ防げないがシャルロットのおかげで近隣への被害はゼロだ。

そのおかげでレオルドも伸び伸びと開発が出来ている。

「ゲホッゲホッ。ふう。上手くいくと思ったんだがな」

「術式を間違えてしまったのでしょうか？」

「理論上では完璧でしたよ？」

「じゃあ、組み替える部分が間違っていたんじゃないかしら？」

爆煙が舞い上がり、研究所が吹っ飛んだというのに四人は平然としている。

そこへ逃げていた研究者達も交ざり、話し合いは進んでいく。

一般的な研究者の視点と奇人かつ天才の視点で繰り広げられる話し合いが終わると、待機していた土属性の魔法使いが研究所を再建する。

「うむ。ご苦労」

形だけの最低限な研究所が出来上がると、レオルド達は中へ入っていく。

その際にシャルロットが魔法の袋に保管してくれていた研究資料や実験データなどを取り出して、細かく分析していく。

それからも会議は続き、開発を行っていく。

今日は三度も研究所を爆破して吹き飛ばしたレオルドは晴れ渡る空を見て笑う。

「良い天気だ」

神聖結界の代用品を開発し始めて、数週間が経過した。

その間、レオルドは一切休む事なく開発作業に没頭していた。

しかし、今日は違う。

いつもと同じようにレオルドは開発を再開しようとしたところにギルバートから手紙が届いた。

レオルドは手紙を受け取ってすぐに目を通す。手紙の内容は文官達がオーバーワークで死にそうだという事だった。

それを知ったレオルドはルドルフとシャルロットに後を任せて急遽ゼアトへ戻る事にした。

ゼアトへ帰ってきたレオルドが目にしたものはオーバーワークによりゾンビみたいな顔をした文官達であった。しかも、度重なる激務に精神を破壊されたのか不気味に笑っている。

流石にその現状を知ったレオルドは急いで文官を増やす事にした。

「ギル。至急、文官の募集をするんだ。このままだとこいつらが死ぬ」

「承知いたしました」

「頼んだぞ」

ギルバートに文官の募集を任せてレオルドは溜まっている書類を片付けていく。

レオルドもここの所休みなしの働き詰めではあるが、やはり鍛錬を積んでいるだけあって心身共にタフであった。

それから、レオルドは数日ほど領主としての仕事を全うした。

しかし、終わったのは書類関係だけである。

文官達はこぞってレオルドに領主案件を提出する。

「各商会長との会談に新しい領地の管理者の選抜」

確かにこれらは領主であるレオルドにしか出来ない。

文官達もそれなりの権限はあれど、領主に比べればないに等しい。

最終的な決定権を持っているのはレオルドのみ。なので、領主案件がかなり溜まっていた。

「おおう……」

ひとまず、レオルドは王都へ戻り、ルドルフ達にしばらく開発に関われない事を告げる。

その後、レオルドはまたゼアトへ戻り、領主としての仕事を片付けていく。

まずは新しく下賜された領地を管理する為に管理者を選定した。

もちろん、レオルドがきちんと面接して吟味した上での決定だ。

契約書にサインもさせたので裏切ることはないだろう。もっとも、裏切れば死を以て償うことになるが。

そして、次にレオルドは領内で商売をしたいという商会長と面談をする事になる。

賄賂でレオルドを味方につけようとした商会は後に潰れる事になる。

レオルドが手を回した結果だ。残ったのは清廉潔白とまではいかないが、ギリギリの線引きが出来ている賢い商会だけだった。

「ううむ。流石だな」

レオルドは自身の事を徹底的に調べ上げてきた商会長を称賛した。

どういう情報網かは分からないが、レオルドの欲しているであろうものを献上してきたのだ。

とりあえず金を握らせておけばなんとかなると考えていた商会よりも手強い事をレオルドは知る。

次にレオルドは新たな文官候補と面接を行う。

ゼアトの文官という事で数多くの応募者が殺到して喜んだが、最初の内だけで今はあまりの数にうんざりしている。

「ここまで来るか？」

「今のゼアトは国内でも類を見ないほど勢いがありますから。いずれ王都を超える都市になると見据えてのことでしょう」

レオルドは募集をかけたギルバートに、どうしてここまで応募者がいるのかと尋ねる。

すると、返ってきた答えは主にレオルドが頑張った成果であり、原因でもあった。

現在、ゼアトは国内でも有数の領土を誇り、尚且(なおか)つその領地を治める領主が英雄レオルドだ。

しかも、まだ発展途上ということで、将来性は抜群という事も加味されている。

「それは嬉(うれ)しい事だが、ちと面倒だな。ここまで数が多いと選抜に時間がかかるぞ」

「では、試験などを実施されてはいかがでしょうか？　筆記、体力、面談といったようにすれば数は大分絞れるのでは？」

「ふむ……そうするか。重要なのは筆記と人格だから、そちらを重点にしようか。体力のほうはオマケだが現状を見ると体力も必須だし、いいだろう」

というわけでレオルドは筆記試験の問題を作成し、ギルバートが体力試験の課題を考え、最終面接はレオルドを中心として現在ゼアトに勤務している文官達(たち)だ。

その三つを突破して、晴れてゼアトの文官となれる。だが、忘れてはいけない。

筆記試験はレオルド担当で体力試験はギルバート担当だ。

どういう事になるかと言えば、数百人単位もいた候補者のほとんどが脱落した。

残ったのは、十数名だけ。

「おかしいな。ギル、お前厳しすぎたんじゃないか？」

「いえ、坊ちゃまの筆記試験でかなり落選してました」

「そうか？　そうでもないと思うんだが……」

「もちろん、私のほうでも落選者は多く出ましたが」

「まあ、いいか。面接が少なくて済みそうだし」

ポジティブに考えるレオルドだが、この所為でゼアトに就職しようとする者が一時減る事になる。

勿論、二人が行った試験が原因である。

とてつもなく難しい筆記試験に騎士も裸足で逃げ出す体力試験が存在すると広まる事になった。

一応レオルドは自身が面接した結果、全員を雇う事にした。

文官も増えたのでレオルドは役場を増やす計画を立てる。

現在の文官に役職を与えて、新たな文官に仕事を割り振り、ひとまずゼアトでの仕事を終えたのだった。

「よし、これで王都に戻って研究を再開できるな！」

そう意気込んで王都に帰ろうとした時、新たに領主案件が舞い込んでくる。

「レオルド様。傭兵団が面会を求めてきてます」

「なに？　傭兵団だと？」

「はい。なんでも領主に会わせて欲しいと」

「どこのどいつだ？」

「ええっと、ゾフィーという方からですね。こちらの手紙を預かっております」

「中は見たのか？」

「いえ、特に怪しい気配もありませんでしたし、傭兵にしては妙に礼儀正しかったので」

「そうか。わかった」

文官はレオルドに手紙を渡すと下がって、自分の席へ戻っていく。

レオルドは渡された手紙に細工がないかを確認してから中身を確かめる。

そして、手紙の内容を読んでレオルドはバンッと机を叩いて立ち上がる。

その顔は非常に焦っているように見えた。

「しまった……！　完全に忘れてた！！！」

手紙にはゾフィーという名前はなかったが、別の名前が記載されていた。ゼファーと書かれていたのだ。内容はレオルドが以前約束していたことについてであった。

「やっべ！　俺は今から傭兵団と面会してくる」

慌ててレオルドは傭兵団が宿泊しているという宿へ急ぎ向かうのであった。

ゾフィーもといゼファーが泊まっている宿へやってきたレオルドは受付にゼファーを呼んでもらう。しばらくレオルドがロビーで待っていると、仮面を被った怪しげな格好の人物が歩いて来る。

その人物はレオルドの方へゆっくりと進むと、仮面を少し外してレオルドに顔を見せる。

レオルドは目の前の人物がゼファーだと分かったので場所を変える事にした。

レオルドはゼファーを連れて屋敷へ戻り、応接室に案内する。

応接室に着いた二人はソファに腰を下ろして対面した。

「ここには誰もいない。だから、仮面を取ってもいいぞ」

「ふう〜〜〜。やっと楽になれる」

そこでようやくゼファーは仮面を取り、窮屈だった姿から解放されて大きく息を吐いた。

「それにしても酷いじゃないか。僕との約束を忘れるなんて」

「いや、まあ、その点についてはすまん。こちらも忙しくてな」

「なにかあったのかい？」

レオルドはここしばらくの間にあった事をゼファーに説明した。

その説明を聞いてゼファーは納得したようにソファへもたれ掛かる。

「そっか〜。大変だったんだね」

「ああ。それより、こちらも聞きたいんだがお前はどうして傭兵なんかをやってるんだ？」

「実は君達と別れてしばらくは無人島で自給自足の生活をしてたんだけど、流石に厳しくなってね。風魔法で陸地に飛んで近隣の村から色々と分けてもらってたんだよ。野菜の種や畑を耕す道具なんかをね。それのお礼として山賊や盗賊、それから魔物なんかを間引いてあげてたら、なんか知らない間に傭兵団になってたんだよ」

「どうしたらそうなるんだ」

「知らないよ。勝手に僕をリーダーにして傭兵団が出来上がってたんだから」

「ふむ。まあ、それは置いといて手紙に書いていた通り、必要な物資を渡せばいいか？」

「うん。ていうか、それは建前で本音は別なんだ」

「言っておくがあまり無茶な要求は勘弁してくれよ？」

「大丈夫。そこまで難しい話じゃない。僕たちの傭兵団を雇って欲しいんだ」

「はあ？　確かに無茶ではないが、騎士団がいるからいらんぞ」

「そうだけど、傭兵は騎士よりは融通がきくよ？」

「う～ん、そうなんだが、そもそもゼアトにはそれほど武力は必要ない。お前も分かるだろ？」

「あー、確かに君を筆頭に強い人が沢山いるもんね。それなら、雇ってもらえないか……」

「すまんな。だが、口利きくらいはしてやれるぞ？」

「というと？」

「ゼアトの商売人達にだ。まあ、ついでに情報なんかを集めてくれると嬉しい」

「なるほど。表向きは僕達を商会の用心棒にして裏では情報集めってところかな？」

「察しが良くて助かる。今は俺の部下である餓狼の牙が情報収集を担当しているが、流石に領地が広くなってきたんで警備に回してるんだ。そこでお前らだ」

「うんうん。話は分かったよ。それで雇ってもらえるなら喜んで従うよ」

「よし、契約成立だ。部下にも厳達しておけよ。裏切った場合どうなるかを」

「それくらいは当然するよ。じゃあ、僕は帰らせてもらっていいかな？」

「ああ。物資は用意しておく。部下にお前らが泊まっている宿へ届けさせよう」

「ありがとう。それじゃ、僕は行くね」

「またな」

ゼファーは再び仮面を被り直して応接室を出て行く。

レオルドはゼファーを見送り、契約書を作成する。

それを部下に渡して、ゼファーが率いる傭兵団が宿泊している宿へ向かわせた。

それからレオルドは一通りの仕事を終えて王都へ戻る事になる。

王都へ戻ったレオルドは早速研究所へ向かい、進捗を確かめる。

ルドルフにレオルドがいない間の事を聞くと、未だに完成の目処は立っていないという。

「ふむ……しばらく休暇を取らせる。各自、休暇を取り、脳をリフレッシュさせろ。そうすれば何か妙案を思いつくかもしれん」

とのことでレオルドは研究者達に休暇を言い渡して、自身も実家の方に顔を出す事にした。

実家へ帰ったレオルドはベルーガの元へ挨拶をしに向かう。

「ご無沙汰しております、父上」

「久しいな、レオルド。ここ最近はずっと働き詰めだったのだろう？」

「ええ。ですが、少し休もうと思い、実家へ帰らせてもらいました」

「そうか。ならば、ゆっくりと休むといい。それに、いや、言わないでおこう」

「そこで止められると気になってしまうのですが？」

「……少々、やりすぎなのだ。お前は。何故、毎回のように研究所を爆破させるのだ。そのせいでどれだけ陛下が頭を悩ませているかわかっているのか？」

「義父さんには悪いと思いますが、俺は未来の妻の為にやっている事ですから」

「お前というやつは……都合のいい時だけそのように呼びおって」

「まあ、陛下には私の方からなにかフォローしておきますので父上はお気になさらず」

「それが出来たら、どれだけ楽な事か……」

「では、私はこれで」

「あ、おい！　まだ話は終わってはおらんぞ！」

ベルーガがレオルドを引きとめようとしたが、その前にレオルドはそそくさと逃げるのであった。

一人になったベルーガは頭を抱えて溜息を吐く。

「今度、呑みにでも誘うか……」

王城の方で今も心労に疲れ果てている友を思い浮かべながらベルーガは、そう呟くのであった。


実家で休暇を過ごしているレオルドはいつものように鍛錬を行う。

その時、レグルスが鍛錬に参加してくる。レオルドはレグルスと木剣を打ち合い、剣術の鍛錬を始める。カンカンと木剣の打ち合う音が屋敷に響き、二人が鍛錬をしている事を知らせる。

その音を聞いたレイラが二人の元へ向かい、鍛錬の様子を見守る。

レグルスも以前に比べて力が強くなっており、レオルドを押し返していた。

しかし、やはりレオルドの方が強い。炎帝との死闘を乗り越えた事で更に成長していた。

「ぐ……！」

「どうした、レグルス。その程度か！」

片手で木剣を押し込むレオルドに対してレグルスは両手で持ち堪えている。

必死に歯を食いしばりながら、レオルドの木剣を防いでいるレグルスはジワジワと腰が下がっていく。このままでは負ける。

そう思ったレグルスはカッと目を見開き身体を回転させて木剣を受け流し、その勢いを利用してレオルドへ木剣を叩き込む。

「いい動きだ！　しかし、そう易々とはやらせん！」

レオルドはレグルスの動きを褒めるが、そう簡単に負けてやるつもりはなかった。レグルスが振るう木剣をレオルドは空いていた片手で受け止め、レグルスが止まったところに蹴りを放つ。

「ぐふっ!?」

蹴りを受けたレグルスは木剣を手放して、倒れるように地面に膝をつく。

そこにレオルドが木剣をレグルスの首筋に当てて勝利した。

「俺の勝ちだな」

「ゲホッゲホッ……やはり、兄さんは強いですね」

「まだまださ。俺は炎帝と戦って自身の未熟さを痛感した。もっと強くならねばならん」

「もう十分だと思うのですが……？」

まだ強くなると言うレオルドにレグルスは十分だと言う。

しかし、レオルドは現状に満足していないので貪欲に強さを欲する。

「いいや。まだ足りんさ」

「兄さんはどこまで強くなる気なんですか？」

純粋に気になったレグルスはふとそんな疑問を浮かべる。

レグルスからすればレオルドは既に王国屈指どころか大陸屈指の強さを有している。

帝国最強の炎帝に二人がかりとはいえレオルドは勝利しているのだ。

そんなレオルドが一体何を目指しているのかレグルスは知りたくて仕方なかった。

「ふむ……。そうだな。どのような逆境だろうとも負けないくらいかな」

「なんというか曖昧ですね。僕はもっと世界最強を目指すとか言うものだと思ってました」

「ははは。確かに最強というものには憧れるが俺は別に最強になりたいわけじゃない。ただ、どのような逆境だろうと、どのような窮地だろうと、どれほどの死地であろうと生き残れる力があれば、それでいいさ」

「そうですか……。では、その理想を叶えるために僕はいくらでも協力しますよ」

「……ふっ。俺はいい弟をもった。ありがとう、レグルス」

レオルドはレグルスの申し出に感謝をする。

そして、これからもよろしく頼むという意味を込めてレオルドはレグルスに握手を求める。

その手を取るレグルスはレオルドがこの先どれほどの高みへ向かうのかと期待に胸を膨らませた。

「ねえ、鍛錬は終わったの？」

そこへ鍛錬の様子を見守っていたレイラがやってくる。

レオルドとレグルスは握手しており、見ようによっては終わったように見える。

「いや、もう少しやろうと思ってるところだ」

「そうですね。僕ももう少し身体を動かしたいと思ってます」

「それなら、いい方法があるわ！」

「む、それはなんだ？」

と、レオルドが問い掛けるとレイラが二人の腕を引っ張り屋敷の中へ戻る。

二人はそのままレイラに身体の汚れを落とすように言われて風呂へ入り、服を着替える。

そして、二人が出てきたところにレイラが外出用の服に着替えており、ニコニコと笑っている。

そこで二人は察した。恐らく自分達（たち）は買い物に付き合わされるのだろうと。

確かに荷物持ちならば多少の体力は必要だ。

「それじゃ、行きましょ！」

レイラは上機嫌にレオルドとレグルスの腕を引っ張って、外に用意している馬車へ向かう。

　しかし、その道中にオリビアと遭遇する。

　オリビアは三人がめかしこんでいるのを見て、どこかへ出かけるのだと気づいた。

「あら、三人でお出かけ？」

「ええ、そうです。これから街へ行ってきます」

「まあ、それはいいわね。私も付いていっていいかしら？」

「駄目です。今日は兄妹水入らずなので」

「ええ！　親子水入らずじゃ駄目？」

「駄目です！　だって、母様が来るとレオ兄さまを独り占めするでしょ！」

「そんな事はないわ！　私はレオルドもレグルスもレイラも平等に愛していますもの！」

　オリビアの発言にレイラは嬉しく恥ずかしくなるがここで流されるような彼女ではない。

「そ、それは、はい。分かっていますが……でも、母様。レオ兄さまが帰ってきてから頻繁にレオ兄さまとお話してるでしょ？」

　レイラの指摘にギクリと擬音が鳴りそうなくらいオリビアが動揺する。

　実際、レイラの言うとおりでレオルドが休暇で帰ってきてからオリビアは普段構えない分、余計にレオルドを構っている。

　まあ、レオルドは多忙の身で中々実家には帰ってこないので寂しいのだ。

「だ、だって、レオルドは滅多に帰ってこないから……」

「その気持ちは大変わかります。そもそもレオ兄さまは私達のことをもっと優先すべきです！　今まで迷惑ばかり掛けておいて、いざ仲直りしたというのに今度は英雄にまでなって前以上に会えなくなったんですから！」

「は、はい。その申し訳ない」

　突然のとばっちりにレオルドはいたたまれない気持ちになる。

　かつて金色の豚と呼ばれていた時代で家族を蔑ろにしていた事があるレオルドは何も言い返せない。

「じゃ、じゃあ、私も付いていってもいいのかしら？」

　レイラの言う通り、もっと家族との時間を大切にすべきであろう。

「……それとこれとは話が別です」

「ええっ!?」

　などと最初は拒否していたが、オリビアも一緒に付いてくることになる。

　最後はレイラが折れたからだ。なんだかんだ言いつつもレイラは優しかった。

　こうして、家族水入らず、いや、父親のベルーガを除いた四人で買い物へ行く事になった。

久しぶりに家族と買い物に行ってから数日後、レオルドは王城へ来ていた。

婚約者であるシルヴィアに会うためと、国王への顔出しである。

まあ、顔出しというが研究の進捗状況を報告することが目的だ。

それにレオルドは研究所を何度も爆破させているので、その謝罪も兼ねている。

「お久しぶりでございます、陛下」

「うむ、久しいな。レオルド」

レオルドの前には以前より少しやつれた国王がいた。

レオルドは一体何があったのだろうかと疑問に思い、国王へやつれたことを訊いてみた。

「陛下。少しやつれたのでは？」

「……お前がそれを言うか？」

「はて？　私には心当たりがありませんが……？」

「お前が度々爆破させている研究所のことで国民から苦情が来てるんだ！　それも、ここ最近ずっと毎日だ！」

「それは申し訳ありません。しかし、新たな魔法を開発する為には避けられない事ですので」

「本当にそうなのか？　どうしても避けられないのか？」

「残念ながら陛下にはこれからもご迷惑をおかけします」

頭を下げるレオルドを見て国王は手でこめかみを押さえながら天井を見上げる。

もはや、自分に出来る事は国民の不安を和らげる事だけだ。

恐らくレオルドは何を言っても止(とど)まる事はない。

そもそも、自分から頼んだことなので国王は今更止(や)めろなどと言えるわけがない。

悔やむなら過去の自分である。

「陛下。その、ここで言うのもどうかと思うのですがこれは謝罪の品です」

「そうだな。今ここで言うのはどうかと思うぞ」

そう言いつつも国王はレオルドから謝罪の品を受け取る。

「ちなみにこれの中身は？」

「酒にございます。ゼアトの方で造られた至高の一品です」

「そうか。それは楽しみだ。ところで、今日は他に用事があって来たのだろう？」

「ええ。殿下に会いに来ました」

「なるほどな。私への謝罪はそのついでか？」

少々、意地悪そうな顔をして聞く国王にレオルドはバツが悪そうに頬をかきながら目を逸(そ)らす。

「あー、まあ、そうです」

「ふっ。随分と馴(な)れ馴れしいものだな」

「あっ、お嫌でしたか？　それなら改めますが」

「いや、構わん。国王ともなるとお前のように接してくる者も少ない。だが、時と場合は弁えろよ？　うるさい奴はうるさいからな」

「それは勿論です。今もこうして私を信頼してくださって二人きりの空間を用意してくれているからこそ、このような態度を取れるわけですから」

「変わったな。ほんの少し前はもっとビクビクしていたのに、今は肝が据わっているというか、度胸があるというか。まあ、良くも悪くも成長しているというわけか」

「ええ。陛下が望むならいつでも義父と呼べるくらいには成長いたしました」

「本当にそう呼べるのか？」

「呼べますとも」

「では、呼んでみてくれ」

「ゴホン。パパ、娘さんを僕にください」

「わかった。やめてくれ。普通に呼んでくれ、頼む」

「では、どのように呼べば？」

「ふむ。そうだな。普通に義父上でいい」

「それですと、父上と被りますが？」

「そういえばそうだな。お前はベルーガをそのように呼んでいたな。なら、お義父さんでいいぞ」

「父上が知ったら複雑そうな顔をしそうですね」

「ははは。そうだな。確かにしそうだ」

それからしばらく二人は談笑を続ける。

しばらくの間、談笑を続けていたがレオルドは本来の目的であるシルヴィアへの訪問を思い出して、国王に別れを告げてシルヴィアの元へ向かう。

レオルドが国王と談笑している間、シルヴィアは今日レオルドが自分のところに来るという事でソワソワしていた。

手紙には国王への謝罪を済ませてから来ると書かれていたので、いつ来るかわからないからだ。

早く来てほしいとシルヴィアは待ち望んでいるのだ。

「殿下。レオルド辺境伯が到着されました」

「そうですか。レベッカ、迎えに行ってあげて」

「はい」

ついにやってきたレオルドにシルヴィアは一度深呼吸をして息を整える。

使用人のリンスにシルヴィアはおかしいところがないかと訊いてみた。

「ねえ、リンス。私、どこか変じゃない？」

「どこも変ではありませんよ。寝癖もありませんし化粧もバッチリです。ドレスもシワ一つございません。自信を持ってください」

「そう？　良かった。レオルド様に会うのだから恥ずかしい格好は見せられませんわ」

「レオルド辺境伯なら殿下がどのような格好をしていようとも問題なさそうに思いますが」

「駄目よ。だって一番綺麗な私を見てもらいたいもの」

「殿下……。そのセリフをレオルド辺境伯に言えばコロッといけますよ」

「え、本当!?」

そのようなやり取りをしていると、レベッカがレオルドを連れて戻ってくる。

レオルドを視界に捉えたシルヴィアは先程までのやり取りが嘘であったかのようにキリッとした表情になる。

「お久しぶりでございます、殿下」

「お久しぶりですね、レオルド様。どうぞ、お掛けください」

「では、失礼して」

椅子に腰掛けるレオルドへリンスが紅茶を差し出す。

紅茶を貰ったレオルドはリンスにお礼を言う。

「ありがとう。早速いただくとしよう」

レオルドは紅茶を一口飲んでから、シルヴィアへここ最近にあった事を話す。

「殿下。知っているとは思いますが、やはり神聖結界の代用品は難しいです」

「そうみたいですね……。これまでも多くの方々が神聖結界を解明し、代用品を作れないか試行錯誤してきましたが完成には至りませんでしたから」

「ええ。悔しいですが未だに糸口が見つかりません」

「……申し訳ございません。私のせいでレオルド様に負担ばかりかけて」

「殿下。そのような事はありません。誰が悪い訳でもありませんから自分を責めるのだけはおやめください」

「ですが、私のスキルのせいでレオルド様との結婚が……」

そう、シルヴィアが一番気にしているのは神聖結界の代わりが出来ない限りレオルドとの結婚が遅くなってしまう事だ。

いずれは結婚する二人だが神聖結界を王都に張り巡らせているシルヴィアは王都から離れる事が出来ても一生は無理だ。

レオルドが王都に来れば問題はないのだが、レオルドはゼアトの領主である。ゼアトから離れる事は出来ても王都に住む事は出来ない。

だからこそ、国王はその問題をどうにかすべくレオルドを頼ったのだ。

しかし、そのレオルドでさえも神聖結界の代わりになる結界を作るのに難航している。

そのため、シルヴィアが自分を責めてしまうのも仕方がないと言えるだろう。

レオルドは自身を責めて落ち込んでいるシルヴィアを励ますべく優しい言葉をかける。

「殿下。先程も言いましたが自分を責めるのはお止めください。貴女（あなた）がこれまでどれだけの国民を救ってきたか。殿下が神聖結界を発動してから十年以上も魔物の脅威から王都を守ってきたのです。そんな貴女を讃（たた）える事はあっても責める事などありえない事です。たとえ、それが貴女自身であっても」

「レオルド様……」

「それに国は殿下の神聖結界に頼りすぎなんですよ。殿下とて一人の人間です。ならば、自身の幸福を優先しても咎（とが）められる筋合いはありません」

「それはそうなのでしょうが……私は王族ですから」

「今はです。私の元へ来てくだされば……いえ、これ以上は言葉が過ぎますね」

レオルドは自分の元へ来てくれれば、王都の守護を担っているシルヴィアを役目から解き放つ事が出来る。

だが、それは国民を見捨てると言ってもおかしくはない。

流石（さすが）にレオルドもそれがわかっているから口には出来なかった。

（ままならないもんだな……）

一息吐（つ）いてレオルドは上を見上げる。今のままではシルヴィアとの結婚は難しい。

どちらもお互いの立場があるから、それが足を引っ張っている。

その事実を今はどうしようもないくらいに煩わしく感じるレオルドだった。

レオルドは一旦思考を切り替えて暗い話題から明るい話題へ移る。

具体的には研究の内容であり、研究所を爆発させている事も面白おかしく話す。

そして、シャルロット、ルドルフ以外にも面白い人材がいたことを教える。

フローラの事を話すとシルヴィアの目は鋭くなったが、ジークフリートのハーレムメンバーと知って手の平を返す。

「レオルド様。今度見学に行ってもよろしいでしょうか？」

「ええ、構いませんよ。シャルも久しぶりに殿下と会えるとなれば喜ぶでしょうし」

というわけでレオルドはシルヴィアを研究所に招く事になった。


後日、レオルドはシルヴィアと侍女のリンス、護衛のレベッカの三人を研究所へ案内した。

休暇中なので警備の騎士しかいないがレオルドはシャルロットを呼んでいるので、五人で行動する事になる。

「いつもここで研究を行っているのですか？」

「ええ、そうよ～。まあ、いつも失敗して爆発ばっかりだけどね～！」

シルヴィアが興味津々に質問をしてシャルロットが答える。レオルドはその様子を後ろから見ているだけ。

「レオルド辺境伯。なぜ、いつも爆発するのです？」

一緒に研究所を見学しているレベッカがずっと疑問に思っていた事をレオルドに尋ねた。

レオルドはその問いに対して考える素振りを見せてから答えた。

「そうだな。単純に術式が暴発するからだ。本来なら繋いでは駄目な術式を一部組み替えて繋ぐんだが、どうも上手くいかなくてな」

「なるほど。好きで爆発させてるわけではなかったのですね」

「爆弾魔ではないからな。まあ、そう思われても仕方ないくらい研究所を吹き飛ばしてるが」

「しかし、レオルド辺境伯にも出来ない事はあるのですね」

「まあ、俺も人間だ。苦手なことや出来ない事は多々ある」

「そうみたいですね。私はゼアト防衛戦を聞いてレオルド辺境伯ならば実現できるのではと思ったのですが」

「買いかぶりすぎだな。そもそもゼアト防衛戦で使用した魔法の数々は俺一人で考えたわけじゃない。シャルやルドルフといった協力者がいてこそ実現できたんだ」

そうやって話していると、いつの間にか研究所を一周していた。

もう見るものはないので帰ろうと考えているレオルドにシルヴィアが話しかける。

「レオルド様。現状、開発が滞ってるとお聞きしましたが、どのような感じなのでしょうか？」

「ふむ。そうですね」

レオルドはシルヴィアからの質問に一つ一つ丁寧に答えていく。時折、答えに困るとシャルロットが助け舟を出してくれたりして、シルヴィアの質問に全て答えた。

「そうなのですね……。その素人の意見なのですが神聖結界のようにしなければいいのではないでしょうか？　わざわざ複雑な術式を一つにまとめるのではなく、単一の能力に特化した簡単な魔法陣を構築すればいいのではありませんか？」

「……そうか。その手があったか！」

「そうね！　言われてみれば私達は神聖結界に拘りすぎていたのよ！　神聖結界は複数の結界を持ち合わせた能力を持つから、それと同等のものを作ろうとしていたのが悪かったのね！」

「ああ、そうだ。別に一つにこだわる必要はなかったんだ。既存の結界魔法を改良するのは間違いではなかった。だが、その後がいけなかったんだ。俺達は結局神聖結界に囚われていた。簡単なことだったんだ。一つじゃなく複数の魔法陣を用意すればいい！」

「ええ！　レオルド！　出来るわ！　一つじゃなく複数の魔法陣を構築すれば神聖結界に負けず劣らずの結界は完成するわ。既に私達が作ってきた魔法陣を分解すればいけるわよ！」

「おお！　ようやく糸口が見つかりそうだな！」

まさに天啓が降りてきたようにレオルドとシャルロットは大盛りあがりだ。

二人のハイテンションについていけないシルヴィアはオロオロしている。

素人の意見だったのに、まさかこれほどまでに二人がはしゃぐとは思いもしなかった事だろう。

「あの、では、完成するのでしょうか？」

「勿論(もちろん)です、殿下！　既に私達が作り上げた魔法陣を分解し、複数に分けてしまえばいいだけですので、時間はかかりません！」

「そうなのですね。お役に立ててよかったです」

「最高よ、シルヴィア！　ありがとう！！！」

シャルロットは感極まってシルヴィアに抱きついた。シルヴィアはシャルロットの豊満な胸に顔を埋(うず)める。

「あ、あのシャルお姉様！　その少々息苦しいのですが！」

と、シャルロットの胸元で叫ぶように言うシルヴィアの言葉は届かない。

シャルロットは嬉しさが爆発しているのでシルヴィアを抱きしめて飛び跳ねている。

それからしばらくして落ち着いたシャルロットがシルヴィアを解放した時には軽く酸欠であった。


後日、休暇を終えたレオルド達はシルヴィアから得たヒントを元に結界魔法を完成させた。

「諸君！　ついに神聖結界に代わる結界魔法の開発に成功した！　紆余曲折あったが、それも全てここにいる同志のおかげだ。感謝する。ありがとう！！！」

レオルドが集まった研究者達にお礼を述べると、大きな歓声が湧いた。

完成するまでに何度も爆発が起こり、何回死にかけたか。

それを思い出すと、研究者達は地獄のような日々から解放されることを喜んだ。

やっと、平穏な日々が帰ってくると考えれば当然であろう。

それから、レオルドは国王へ報告に向かい、研究者達はレオルドの帰還を待つだけとなる。

レオルドが国王へ報告に行っている間、彼らは日々の苦労を涙ながらに語っていた。

しかしながら、あの地獄の日々は決して無駄ではなかったと言う。

具体的には危機回避能力がすこぶる成長したので。

その頃、レオルドは国王と対談していた。結界魔法の完成報告に国王は大層喜んだ。

その喜びようを見てレオルドも頑張ってよかったと思っている。

だが、国王が喜んだのは別の意味だ。

レオルドが毎度のように起こしていた研究所爆破騒動が無くなるという事実についてだ。

「よくやってくれた……ッ！　本当によくやってくれた……ッ！！！」

感極まった様子でレオルドの手を握り、褒める国王にレオルドは決め顔で返事をする。

「当然の事です！」

国王が喜んでいる理由を盛大に勘違いしているが、両人にとって知る必要のない事だ。

これで上手く話が進むなら黙っておくのがベストだろうと側で見ていた宰相は沈黙を決めるのであった。

報告を済ませたレオルドは研究所へ戻る事になる。本来ならシルヴィアにも報告する必要があったのだが、彼女はまだ学園に通っているので平日は授業に出ているのだ。

なので、シルヴィアに報告するのは後になる。

研究所へ戻ったレオルドはメンバーを集めて夜にパーティを開く事にした。労いは必要である。

彼等は文字通り命懸けで新たな結界魔法の開発に貢献したのだ。

そんな彼等を労うのは当然の事であろう。

夜になりレオルドは予約してあった酒場へ向かう。研究者の中には平民がいるので、彼等の希望を聞いたレオルドは大衆が利用する酒場を予約したのだ。

勿論、貸し切りである。研究所を何度も爆破して、その度に自身の懐から修繕費を出していたレオルドだが、未だに財源が尽きる事はない。

予約していた酒場へ向かうと、すでにレオルド以外のメンバーは来ていた。

一番最後になってしまったレオルドは一言謝ってから、新たな結界魔法の完成を記念して宴を始めた。

「今宵は俺の奢りだ。好きに飲め、好きに食え！　さあ、楽しもうじゃないか！」

その言葉に集まった人達は大いに沸いた。レオルドが辺境伯で高位貴族である事を知っているが、同時にレオルドという人間を知っている研究者達は遠慮なく飲み食いを始める。

公の場では許されないが、今宵だけは無礼講であった。

飲んで食って、楽しくなって踊って歌って愉快な時間は過ぎていく。あの地獄の日々は今日このためにあった糧とさえ思える程に楽しい時間を過ごした研究者達だった。

やがて、床に転んで眠り始める始末だ。それでも彼等の表情は幸せそうに緩んでいる。

ルドルフやフローラも同じように床に転がって寝ている。

起きているのはレオルドとシャルロットの二人だけだ。酒場の店員もレオルドが貸し切りにしていたため、一緒にどんちゃん騒ぎに便乗していたようで床に転がって寝ている。

「ふっ……随分苦労をかけてしまったな」

「そうね～。みんな毎日のように死にかけたんだもの。羽目を外すのもわかるわ」

「そうだな。彼等には助けられた。出来ればゼアトに来てほしいくらいだ」

「あら、随分気に入ったのね？　そんなに良かったの？」

「まあ、ルドルフを見て分かる通り、研究者というのは己の欲に素直だ。だからこそ、俺に対しても物怖じしない。そこが気に入っている。それに分別もあるからな。公の場ではきちんと弁える事もできる」

「だろう？　ただ、少々暴走しがちなところが玉に瑕だがな」

「まあそうね。フローラなんかも私の事を知っても態度は変えなかったし」

「それは私達も当てはまるでしょ？」

「ははっ、そうだな。確かに俺達もだった」

そう言って笑いながらレオルドはグラスに酒を注ぎ、ちびちびと飲んでいく。

それを見ていたシャルロットはレオルドにグラスを突き出した。

その意図を理解したレオルドはシャルロットのグラスに酒を注いでいく。

「ありがと。ねえ、これで王都での用事は済んだけど、次はなにするの？」

「前から言ってるが領地の改革だ。今は領土も増えて人口も増えた。しかも、海に面する領土もある。やりたい事は沢山あるんだ」

「それはいいんだけど、貴方の本来の目的はどうしたのよ？」

「無論、そちらも抜かりはない。戦力の増強、自身の鍛錬も欠かさないさ」

「そう。まあ、忘れてないならいいんだけど」

「忘れるわけがないだろう。まあ、最近は確かに遊んでばかりに見えるがな」

「ホントよ。呆気なく殺されるんじゃない？」

「怖い事を言うな。まあ、今後どうなるかは俺にも予想がつかん。ある程度の予測はできても対処は難しくなるだろう」

「不安ね～」

「ああ。だが、できる事は全部やるさ」

グイッとレオルドは残っていた酒を飲み干した。そして、立ち上がると外へ向かって歩いていく。

「どこ行くの～？」

「帰るんだよ」

「え？　放っておくつもり？」

「ん？　朝になったら各々解散するだろう。研究所に寝泊まりしていた時もそうだっただろう？」

「あー、それもそうね。なら、私も帰ろうかしら」

「なら、転移魔法で家まで運んでくれ」

「仕方ないわね～」

シャルロットは肩を竦めるが上機嫌である。レオルドを連れてシャルロットはゼアトの屋敷へと転移する。レオルドの部屋に転移した二人はそのままベッドに潜り込んで眠りについた。


翌朝、レオルドに腕枕をされているシャルロットが見つかってちょっとした騒動になったりした。

現在、レオルドはシルヴィアの目の前で正座をしている。

理由は言わずもがな、シャルロットとの浮気騒動が原因である。

ゼアトに勤めているイザベルからレオルドがシャルロットと同衾していたとシルヴィアに報告があったのだ。

「はあ……レオルド様。酔っていたとはいえシャルお姉様と一夜を過ごすなんて……」

「誠に申し訳ありません……」

ちなみにレオルドの隣ではシャルロットも正座をしている。

レオルドが捕まえて一緒に連れてきたのだ。

「レオルド様。私、そこまで怒っていませんわ」

「え……！」

てっきり死刑宣告を覚悟していたレオルドは呆気に取られる。

同時になぜシルヴィアはそこまで怒っていないのかと疑問が浮かぶ。

「だって、私はレオルド様が間違いを犯すなど思っておりませんもの」

「で、殿下……！」

とんでもない信頼だ。

レオルドは傍から見れば完全に黒と言える浮気をしたにも拘わらずシルヴィアはレオルドが浮気をしていないと信じているのだ。

「それにシャルお姉様ですから故意犯でしょうし。酔ったフリをしてそのままレオルド様と一緒に寝ただけでしょう？　恐らく、私の反応を見るために」

「ギクリッ！」

シルヴィアの推察にわざとらしく動揺するシャルロットに隣で見ていたレオルドは何も言えなくなる。シャルロットならやりかねないと。

「まあ、これが他の女性であったなら容赦はしませんでしたわ」

「ヒュッ……」

悪寒に襲われたレオルドは身震いした。

シルヴィアから放たれる殺気がかつて見せた以上のものだったから。

（まあ、相手の方ですが。レオルド様には勘違いをしていてもらいましょう）

シルヴィアが容赦しないと言ったのはレオルドではなく浮気相手のことを指していた。

人の物に手を出すとは、どれだけ愚かなことかと懇切丁寧に教えるつもりだ。

その方法を披露する日が来ないことを天に祈るしかレオルドにはできないだろう。

もっとも、レオルドは勘違いをしているので知る由もないが。

「しかし、レオルド様。確かに浮気ではなかったとしてもシャルお姉様、つまり私の婚約者でありながら他の女性と一夜を共にしたのは覆しようのない事実です」

「は、はい」

「ですから、罰を与えます」

ゴクリと生唾を飲み込むレオルドはシルヴィアの言葉を待つだけとなる。

ついに死刑宣告でもされるのだろうかと覚悟を決めるレオルドにシルヴィアは意を決して口を開いた。

「わ、私と……デートしてください」

「へ……？」

勇気を振り絞って言ったのにレオルドが惚(ほう)けた声で聞き返すものだからシルヴィアは

キッと睨みつける。

「聞こえませんでしたか！　私とデートして欲しいと言ったのです！」

物凄い剣幕で迫ってくるものだからレオルドは思わず仰け反ってしまう。

「聞こえております。しかし、その……それが罰になるのですか？」

はっきり言って罰とは到底言えないだろう。レオルドもそのことに疑問を感じており、思わずシルヴィアに聞き返してしまうほどだ。

「当然、罰ですからレオルド様には私とデートをしている際には一切の拒否権がありませんわ！」

それでいいのかと問いたくなるがシルヴィアが罰だと言っているのでレオルドには拒否権はない。

つまり、単なるデートではないというわけだ。

そのやりとりを見ていた元凶のシャルロットはニマニマと笑っている。

それを見たシルヴィアはそっぽを向いた。シャルロットの視線に耐えられなくなったのだ。

なにせ、罰とはいえレオルドをデートに誘ったのだから。

「うふふ、可愛いわね。シルヴィアは～」

シルヴィアの気持ちをある程度理解したシャルロットは立ち上がり、シルヴィアを抱きしめる。

「むぅ……元はと言えばシャルお姉様のせいですわ」

「ごめんね～。ちょっとからかいたくなっちゃったの」

「限度がありますわ！　私、レオルド様が浮気したと聞いて血の気が引きましたのよ。ですが、相手がシャルお姉様だと聞いて安心しましたわ」

「あははは。ほんとにごめんね。もう二度としないわ」

「そうしてください。心臓がいくつあっても足りませんわ」

「ふふ、それより、レオルドの腕枕って思った以上に心地よかったわ。貴女も今度してもらいなさいよ」

「ええっ!?　そ、それはまだ早いというか、その、あの……」

「まあ、貴女はもっとすごいことをしてもらうものね。心の準備をしておきなさいよ～」

「もっとすごいこと……！」

妄想するシルヴィアの脳内はピンク色だ。二人は婚約者であり、いずれは結婚するので当然そういうことをするだろう。今から脳内シミュレーションをしていてもなんらおかしくはない。

むしろ、しておくべきだろう。知識としては知っていても実践となると話は違うのだから。

「シルヴィア。妄想はそこまでにしておきなさい」

「はっ……私は何を……！」

いずれ来るであろう妄想でトリップしていたシルヴィアをシャルロットが連れ戻した。

正気に戻ったシルヴィアは見る見る内に顔を赤くしていく。

「ち、ちがうのです！　わ、私はその……破廉恥ではありませんわ！」

「ええ……」

盛大に自爆しているシルヴィアにシャルロットも引いている。

その中でレオルドは一体何が起きているんだろうと眺めていることしか出来なかった。

お説教が終わったのでシルヴィアは早速レオルドを連れて街へ出かける。

ちなみにシャルロットはお留守番である。

流石に二人きりの時間を邪魔するような事はしないらしい。

「殿下。護衛はいいんですか？」

「レオルド様がいますから平気ですわ」

確かにレオルドがいれば護衛は必要ないかもしれないが、全てから守る事は難しいだろう。

だから、シルヴィアは知らないがこっそり護衛のレベッカと侍女のリンスがついて来ている。

勿論、レオルドはその事に気がついているが教えるのは野暮なので黙っている。

実際、レオルド一人でもシャルロットやギルバート位の強者が来なければ対処できるので問題はない。

街へデートに来た二人はまずショッピングを楽しむ事にした。

シルヴィアがレオルドの腕を引っ張り、洋服店に入る。

店内にある服を見て回るシルヴィアとレオルド。

時折、シルヴィアが洋服を手に取りレオルドに意見を求める。

「レオルド様。こちらとこちらではどちらがいいでしょうか？」

赤色の服と黒色の服を提示してくるシルヴィアにレオルドは悩む。無難に答えようものなら痛い目を見るとレオルドは妹のレイラから学んでいるのだ。

女性が複数のものを提示してきたら必ずどれかは決めねばならない。

曖昧な答えは最もやってはいけないと教わったレオルドはしっかりと答えてみせる。

「こちらの黒色の方がお似合いかと思います！」

「それはどうしてですか？」

しかし、理由など全く考えていなかったレオルドは言葉に詰まってしまう。

「そ、それはやはり殿下の白い肌に煌く金髪をより一層際立たせると思っての事です」

「そうですか……」

薄い反応にレオルドはやはり理由が弱かったかと目を瞑ってしまう。

しかし、そのレオルドの予想に反してシルヴィアはレオルドが選んだ黒色の服を購入する。

「では、こちらを買いましょうか」

思わず戸惑いの声を上げそうになったが、寸前で耐えた。

下手に声を出していたら一体どうなっていたか。想像するだけでも恐ろしいとレオルドは震えた。

その後もシルヴィアは執拗にレオルドへ意見を求めた。

その度にレオルドは神経をすり減らしながらシルヴィアが満足するように答えた。

上機嫌になるシルヴィアに少々やつれたように見えるレオルド。

そのレオルドに近付く影が一つ。

レオルドは敵かと身構えたが、近づいてきたのはリンスであった。

「君は確か殿下の侍女リンスか」

「はい。ハーヴェスト辺境伯。先程の対応は及第点です」

なぜか採点されていたレオルドは首を傾げる。

「戦はお手の物ですが女性の扱いに関してはまだまだですね」

「どうして侍女にそのような事を言われなければならんのだ」

「どうしてもこうしても事実だからです。いいですか？　殿下が求めているのはハーヴェスト辺境伯の好みです」

「え……？」

「殿方に意見を求めるのは何を好きか嫌いかを判断したい時なのです。似合う似合わないもあるかもしれませんが殿下はハーヴェスト辺境伯の好みをお知りになりたかったのですよ」

「そ、そうなのか……」

言われてみれば最後辺りにはレオルドの好む色をシルヴィアは選んでいた。あれは無意識ではなく自分を意識しての事だったのかと理解するレオルド。

「ですから、今後も意見を求められたら渋ることなく教えてあげてください。そうすれば殿下はお喜びになりますから」

「わかった。ところで、お前らはずっと俺達のやり取りを見ていたのか？」

「……」

聞かれたくないことだったようでリンスはすうっとレオルドの前から姿を消した。レオルドは追いかけようとしたがシルヴィアに気付かれてしまうので思いとどまった。

「ったく。まあいい。貴重なアドバイスを貰ったんだ。ありがたく思うとしよう」

護衛ついでに観察していた事をレオルドは咎めない事に決めた。

それに貴重なアドバイスも貰ったので責めようにも責める事が出来なかった。

それからもショッピングは続き、レオルドとシルヴィアはデートを楽しんだ。しばらくして、昼時となり二人は昼食をとることにした。

「レオルド様。私、その……ああいうお店に入ってみたいのです」

シルヴィアが恥ずかしそうにしながら指を差した店は貴族が行くような店ではなかった。所謂、大衆食堂と呼ばれるような店であった。

「構いませんが、なぜあちらの店を？」

「……今までも何度か行きたかったのですが周りが許してくれなかったもので」

「あー、まあ確かに言われてみれば殿下には相応しくないと言われるでしょうね」

「はい……ですから、その一度でいいから行ってみたいと思いまして……ダメでしょうか？」

「いえ、行きましょうか」

「ありがとうございます、レオルド様！」

という訳で二人が入った店は多くのお客が訪れており、大変賑わっていた。友達同士から家族、カップルと多くの客で賑わっている。貴族御用達の静かな店とは大違いである。

「これが……」

初めて見る光景にシルヴィアは感動している。今まで何度も訪れようとしたが入ることのなかった場所にシルヴィアはついに入る事が出来たのだから当然とも言える反応であった。

「殿下。席は空いてるそうなので行きましょう」

「あっ、はい！」

シルヴィアが感動に店内を見回している間にレオルドが店員と話して空いている事を確認していた。

テーブルが空いているのでレオルドはシルヴィアを連れて行き、席に着いてメニュー表を広げる。

「それじゃ、メニューを見て決めましょうか」

シルヴィアは豊富なメニューに目を輝かせて子供のように楽しそうにしている。

「レオルド様、こちらはどんな料理なのですか？」

シルヴィアが指し示したのはハンバーガーであった。どのように説明すればいいか迷ったレオルドは丁度近くの子供が食べているのを見つけてシルヴィアに教えた。

「殿下。あちらに見える子が食べているものがハンバーガーです」

パンに挟まれたハンバーグと野菜を豪快に口を開けて食べているのを見たシルヴィアは驚きを隠せない。王女であるシルヴィアからすればとても人様の前で食べられそうにないものであった。

しかし、美味しそうに食べる子供から不思議と目が離せないシルヴィアは決めた。

「レオルド様。私、あれにしますわ」

「わかりました。では、私も同じのにしますね」

先程のシルヴィアの反応を見ていたレオルドはシルヴィアが葛藤していたのだろうと見抜いて、同じようにハンバーガーを頼むのであった。

(まあ、一緒に食べれば多少は恥ずかしさも軽減するだろう)

妙な所で勘が鋭いレオルドである。もっと別の場面に発揮すればいいものを。

二人が頼んだハンバーガーが来たので、早速レオルドは食べ方を教授するようにシルヴィアの前で思い切り口を開けて食べていく。

「まあ、こんな感じです。ここには作法についてとやかく言うような人はいないので好きなように食べるのがいいですよ。勿論、私のように豪快に食べるのも一つの方法です」

そうは言うがシルヴィアは乙女でありレオルドが目の前にいるのだ。流石にその食べ方だと恥ずかしいだろう。

しかし、シルヴィアはチャレンジしてみようとハンバーガーを手に取った。一世一代の大勝負というわけでもないのにシルヴィアは真剣な表情をしている。一度レオルドの方をチラリと見てレオルドがどうぞ、という感じのジェスチャーを送った。

それを見たシルヴィアは意を決して可愛らしくカプリと小さな口の中にハンバーガーを

頬張った。モグモグとハンバーガーをしっかりと味わい飲み込んだシルヴィアは目を見開いた。

「美味しいですわ……」

先程見かけた子供が美味しそうに食べているのを見ていたので疑ってはいなかったが、予想以上に美味しかったのでシルヴィアは驚いたのだ。

「それはよかったです。では、残りも食べましょうか」

シルヴィアの口に合って良かったと微笑むレオルドは自身の皿に残っているハンバーガーを食べる。全て食べ終えたレオルドはシルヴィアが食べ終わるのを待っていた。

しかし、シルヴィアはレオルドに見られているのはまだ恥ずかしいのか見ないで欲しいと頼む。

「レオルド様。そのように見詰められていると恥ずかしいですわ……」

「これは失礼しました。しかし、殿下の食べる姿が可愛らしくて、つい見てしまうのです」

「なっなっ……！　何を言っているんですか、もう！」

照れるシルヴィアはレオルドの視線から逃れるように顔を背けてハンバーガーを食べようとするがレオルドの目が気になって仕方がない。

それに顔を背けたせいで横から見えるようになったので余計に食べている姿を見られて

しまう。それは流石にとシルヴィアは渋々正面を向く。

ハムスターのように可愛らしくハンバーガーを食べ進めていくシルヴィアにレオルドは愛おしさを感じた。

餌付けをしているわけではないがシルヴィアが幸せそうに食べているのを見て、今度なにかこの世界にはまだない異世界のお菓子でも作ってあげようと考えた。

（この世界にないお菓子とか調べておくか）

それからシルヴィアがハンバーガーを食べ終わり、会計を済ませて店を出て行く。満腹になった二人はしばらく街を散策することにした。

あてもなく適当に歩き回り、目に付いた雑貨屋に入って談笑しながら商品を見て回ったりなどする。

そうしている内に時間は過ぎていき、午後三時となった。丁度良いタイミングで二人は喫茶店を見つける。休憩にもってこいの場所だったので二人はそのまま喫茶店へと入る。

喫茶店に入った二人はテラスにあるテーブル席へ案内される。渡されたメニューを見てシルヴィアが悩んでしまう。

「どうなさったのですか？」

「あ、いえ、そのどれにしようかと悩んでましてて……」

メニューには豊富な種類の飲み物と菓子類がある。シルヴィアが眺めているのはケーキの一覧だ。どうやら一つに絞りきれないようだ。先程から眉間に皺を寄せて眺めている。

レオルドも一緒になってメニューを眺めてシルヴィアの視線を追う。そうすることでレオルドはシルヴィアが望んでいるものを見抜いて一つの提案を出した。

「殿下。私はこれにしますのでシェアするのはどうでしょうか？」

「え？　わ、私は構いませんけどよろしいのですか？」

「ええ。殿下がお悩みの様子なので、そちらの方がいいでしょう」

「あぅ……」

レオルドに見透かされていたことを知ったシルヴィアは恥ずかしそうに俯いてしまうが、自身の食べたかったケーキはしっかりと選んでいた。

二人の元へ頼んだケーキと飲み物が来た。すると、早速シルヴィアがフォークでケーキを掬うと、なぜかレオルドの方に差し出した。

「さあ、レオルド様。あーん、してください」

「え……？　いや、殿下？」

「ほら早くしてください」

「じ、自分で食べられますから！」

「レオルド様。お忘れですか？　今日は私の言う事には従ってもらうということを」

「そ、それはそうなのですが……流石にこの状況ではちょっと……」

　そう言うレオルドは周囲を見渡す。二人の周りには他の客も来ているので、当然二人は注目されている。美男美女のカップルである二人だからだ。

　そんな二人が仲睦まじそうにしているので周囲も温かい目で見ている。しかも、今から彼女が彼氏にケーキを食べさせる所だ。注目されるのも当然のことであろう。

「そんなに私に食べさせられるのがお嫌ですか？」

　ここぞとばかりにシルヴィアが攻める。周囲の同情を誘うように声を震わせ、ウルウルと瞳に涙を溜めている。

　その様子を見ていた他の客は完全にシルヴィアの味方となった。彼女が折角食べさせてあげようとしているのに彼氏は拒んでいるのだ。印象は悪くなる一方である。

「うぐ……わ、わかりました」

　流石にこの状況では逃げ切れないと判断したレオルドは顔を赤くしながらシルヴィアが差し出しているケーキを食べる。

「あ、あーん」

　パクリとレオルドはシルヴィアが差し出したケーキを頬張った。それを見てシルヴィアは嬉しそうに尋ねる。

「美味しいですか、レオルド様？」

「……美味しいです」

「ふふっ、それはよかったですわ」

してやったりと微笑むシルヴィアにレオルドはケーキの味を楽しむどころではなかった。

（くっそ〜。あの笑顔は反則だろう）

顔を真っ赤にしてケーキを食べるレオルドはシルヴィアの笑顔にハートを打ち抜かれていた。

そして、レオルドは知らないがシルヴィアの耳も真っ赤になっている。無論、シルヴィアもレオルドにあーんをするのは恥ずかしかったりした。

喫茶店で普通の恋人らしいやり取りをした二人は、ケーキを食べ終えて喫茶店を後にした。

喫茶店を後にした二人はしばらく街の散策を続けて、夕暮れ時に王城へ帰る。

王城へ帰った二人は驚く事となった。なぜか、ハーヴェスト公爵家と王家の一同が勢揃いしていたからである。

いったい、どういうことなのかとレオルドとシルヴィアはそれぞれの家族に尋ねる事にした。

「父上。これはどういうことなのですか？」

「お前の婚約祝いを兼ねてハーヴェスト公爵家と王家だけで食事会をすることになったのだ」

「なるほど。しかし、既に婚約パーティは終わっていますが？」

「あれは祝勝会であろう？　今回は違うさ。お前達二人の婚約を祝ってだ」

「それは有り難いですが……」

チラリとレオルドが見るのは王家の面々である。国王から始まり、第一王妃、第二、第三、にまで続き、王太子から末っ子の第八王女までいる。大所帯である上に相手は王家の面々だ。祝福をしてくれるのは有り難いが同じ空間に長いこといたくはない。

「どうにかならなかったのです？」

「よく見ろ。全員はいないぞ」

確かに言われて見れば王家は勢揃いしていない。嫁いでいる王女や王子は見当たらない。つまり、今回はまさに仲の良い家族同士の集まりといった形だ。

「まあ、そう身構えるな。今回は堅苦しいものではない。肩の力を抜いて身分など関係なく飲み食いするようなものだから安心しろ」

「親父ィ……それが一番怖いだろうが！」

王族に聞かれないようにレオルドがベルーガへ詰め寄り、小さな声で責める。

確かにベルーガの言うとおり、今回は身分など関係のない楽しい食事会ではある。

だが、それはつまり絡まれる事は必至だ。

シルヴィアを嫁に貰う上に何度か交流のある面子が集まっているのだ。

どのように絡んでくるか分かったものではない。

「お前、また……うぅん！　いいか？　敵じゃないんだからもっと気楽にしておけ」

「目を逸らしてんじゃねえ！　俺の目を見て話せよ、親父！！！」

怒っているような口調ではあるが決して声を荒らげないレオルドはベルーガを問い詰めていく。

しかし、ベルーガは手馴れているように軽く受け流している。

頼りにならない父親にレオルドは歯噛みする。

死ぬ事はないだろうが、このままだと精神的に死んでしまうかもしれないと。

（くそぅ……！　このままじゃ地雷原に突っ込むようなもんだぞ！　どうすればいい……！　どうすればいいんだッ！）

王家の面々を地雷扱いするのは不敬極まりないが、レオルドの心の中なので問題はないだろう。バレた時にどうなるかは定かではないが。

レオルドが唸る少し前にシルヴィアも家族の元へ赴いて話をしていた。

「あの、これはどういうことなのでしょうか？」

「二人の婚約を祝って食事会をすることになったんだ。それとレオルドが新たな結界魔法を開発しただろう？　これでやっとお前を嫁に送り出せるということで祝福をしてやらねばと思ってな」

「あっ……」

シルヴィアが生まれるまで王都の守りは城壁と騎士、魔法使いによる警備だけであった。しかし、そこにシルヴィアが生まれて神聖結界という破格のスキルを所有していた事で変わる事になった。

だが、それもレオルドの手によって再び変わる事になった。そのおかげでシルヴィアは心置きなくレオルドの元へ嫁ぐ事が出来る。

「ありがとうございます……」

「礼を言うのは我々の方だ。今まで十年以上もお前に負担ばかりをかけてきた。本当にすまなかった。だが、これからは自由だ」

「はい……はい！」

歓喜に満ちた返事をしたシルヴィアに国王は微笑を浮かべる。今までずっと娘には負担ばかりを掛けてきたが、それも全て終わる。

（レオルドには返しきれないほどの恩が出来てしまったな……）

終ぞ、自身ではどうにも出来なかったがレオルドの手によって娘が救われた国王は感慨深そうにレオルドの方を見詰めるのであった。国王の視線にゾワリと背筋を震わせるレオルド。

そして、ついに始まる二人の婚約を祝った晩餐会。国王の祝辞を合図に乾杯をした。

レオルドとシルヴィアは主役であるので二人揃って真ん中にいるのだが、両脇から質問攻めである。やはり、二人が婚約にまで至った経緯を知りたいのだ。

ワイワイがやがやと騒がしく飲み食いしながら晩餐会は進んでいく。最初は座ってお行儀良く食べていたが、レオルドに興味のある王子達が立ち上がってレオルドへ近付いた。

「やあ、未来の弟よ。楽しんでいるかい？」

「カルロス殿下。勿論です」

「はは、そう堅苦しくなる必要はないんだぞ？　もっと肩の力を抜いてリラックスして、ほら」

（どうリラックスしろって言うんだ！　てか、肩組んでくるなよ！）

カルロスと呼ばれた王子がレオルドと肩を組む。内心、レオルドは怒りを顕にしていた。

なにせ、身内だけとはいえ相手は一国の王子だ。しかも、シルヴィアの腹違いの兄である第四王子である。ちゃらんぽらんな性格に反して策略家だったりするのでたちが悪い。

「おい、カルロス。困っているだろう。離れてやれ」

「ええ〜、困っているようには見えないけど？　ブルーノ兄さん」

次に声を掛けてきたのは、ブルーノと呼ばれた王子である。彼も腹違いの兄である。性格はカルロスとは違って真面目なので特に問題視することはない。ただ、少々頑固者であるとだけ言っておこう。

「まあ、そこまでにしてあげなよ。二人共、レオルド辺境伯が困っているから」

そして、最後に声を掛けてきたのがイザークだ。彼はシルヴィアと同じく第一王妃の子である。穏やかな性格をしており、争いを好まないのでレオルドからすればまさに天から垂れる蜘蛛の糸であった。

レオルドはイザークに助けを求めるように視線を送るが、残念な事にイザークは意図を把握出来ない。固い絆で結ばれた友達というわけでもないので目配せだけで互いの意図を理解する事は不可能だろう。

ただ、イザークも馬鹿ではない。レオルドが困っているように見えるのでカルロスとブルーノを引き離してレオルドを安心させた。

（おお！　俺の思いが伝わったか！）

などと誤解しているレオルドはイザークへの好感度がアップする。狙ってやったわけではないが、なぜかレオルドからの視線が熱烈なものに変わったことを知りイザークは困惑していた。

「レオルド辺境伯。二人の事を悪く思わないで欲しい。二人は、いや、僕たちはみんな君に興味津々なんだ」

というのは本音三割、建前七割である。実際はレオルドと友好な関係を築こうと考えている。レオルドはまさに文武両道であり、これからの王国について考えるのなら決して手放してはいけない人材となっている。

それと同時に特大の爆弾扱いもしている。今回の新たな結界魔法の開発にレオルドが携わっているが、幾度となく研究所を爆破して国民から国王にまで多大な迷惑を掛けている。にも拘わらずお咎めなしだ。

王家からすればレオルドはシルヴィアの為にやっているので文句は言えないし、そもそも国王がレオルドにお願いをした立場だ。ならば、レオルドを責めることなど出来ようはずもない。

確かに研究所を爆破して国民の不安を煽ったが、それで被害が出たということはない。精々、騒音騒ぎでしかない。これで犠牲者でも出ていれば多少は批難出来ただろうが、誰一人として死人は出ていないのだ。

「はあ、私に興味があると？」

「うん。そうだね。転移魔法の復活から戦争の終結にまで貢献した君に僕たちは興味が尽きない。良かったら、色々と聞かせて欲しいんだ」

怪訝そうな顔をするレオルドにイザークは偽りなく答える。ここで嘘をついて印象を悪くすればレオルドと話す機会はなくなるだろう。辺境伯という立場であるレオルドは忙しい身だ。いくら王子だとはいえレオルドに面会するのは時間がかかってしまう。

なら、ここは少しでもレオルドに好印象を与えておいて後々に面会がしやすくなる方がお得だろう。

「そうそう。イザーク兄さんの言うとおりだ。俺も辺境伯に興味があるんだよ」

そう言ってカルロスがレオルドに酒瓶を突きつける。レオルドは手に持っているグラスが空になっていたのでカルロスに酒を注いでもらう事にした。

「殿下に給仕のような真似をさせてしまい申し訳ない」

「ハハッ、これくらい気にするな。そもそも今日は身内だけの晩餐会だ。身分など意味はない」

「そう言っていただけると心が軽くなりますね」

「なら、その堅苦しい喋り方もやめたらどうだ？　結構、我慢してるだろ？」

見抜かれたことにレオルドは驚くが、カルロスがどういう人間なのかは知っているので、言われたとおり丁寧な口調をやめる事にした。

「じゃあ、そうさせてもらうわ」

「ハハハハハッ！　やっぱいいな。そっちの方がしっくりくるぞ？」

笑い声を上げながらカルロスは上機嫌にレオルドの肩をバンバンと叩く。

「おい、カルロス。少しは加減してやれ」

それを止めたのはブルーノであった。レオルドの肩をご機嫌なカルロスが叩いていた手をブルーノが摑んで止めたのだ。

「これくらいただのスキンシップだって。なあ？」

「いや、普通に痛いから」

「ええっ!?　そこは庇うところじゃねえの？」

「ほら、見ろ。やっぱり迷惑だったじゃないか」

得意げな顔をするブルーノを見てカルロスは渋い顔をする。

「うえ～、俺が悪いのかよ」

「まあ、ホントは痛くなかったんだけど」

「はあっ!?　ちょっ、嘘ついたのかよ！」

「ちょっとウザかったんで」

「んなぁっ!?」

「ハハハハッ。これは一本取られたな、カルロス」

「ぐ、他人事だからって笑うんじゃねえよ！」

と、そのように三人で盛り上がっていると、レオルドの元に一人の男の子がやってくる。

まだ幼い様子の男の子はどこかソワソワとしてレオルドに話しかける。

「あ、あのレオルド辺境伯！」

「ん？　おや、これはエリック殿下ではありませんか。私になにか御用で？」

「は、はい！　そのレオルド辺境伯とお話したくて、その、あの」

「落ち着いてください、殿下。私は逃げも隠れもしませんよ」

「は……はい」

エリックはレオルドに言われた通り、一度深呼吸をして緊張を解す。深呼吸をしたエリックは落ち着きを取り戻して、レオルドに再度話しかける。

「あのレオルド辺境伯。僕、強くなりたいんです！　どうか僕のことを弟子にしていただけませんか！」

大きな声でしっかりと自分ののぞみを告げるエリックにレオルドは驚きを隠せなかった。まさか、自身に弟子入りを望まれるとは思いもしなかったからだ。しかし、よくよく考えてみればレオルドは今や国中に認められている英雄だ。弟子入りを望まれてもおかしくはない。

「ははは、これは驚いたな。まさかエリックがレオルド辺境伯に弟子入りを志願するとは」

レオルドの側にいたカルロスもエリックの弟子入り志願を聞いていたので当然のように驚いているが、面白いことになったと笑っている。

「驚いている場合ではないぞ、カルロス。エリックがレオルド辺境伯に弟子入りを志願する気持ちはわかるが、彼は領主だ。エリックに指南する時間は取れないだろう」

冷静にブルーノがエリックを止めようとしている。ブルーノの言う通りレオルドは領主であるので誰かを指南するようなことは出来ない。しかし、レオルドは普段から鍛錬を欠かさない男だ。ならば、一人くらい弟子を受け入れても問題はない。

ただ、それがある程度の基準に至っていればの話だが。

レオルドの目の前にいるのは、まだ小学生程度のエリックだ。流石に厳しいだろう。勿論、体格に合った鍛錬にすることは出来るが、レオルドは生き残ることを目的としており一秒たりとも無駄には出来ない。だから、レオルドは苦渋の決断を下す。

「申し訳ありません。ブルーノ殿下の言う通り、私は領主としての務めがありますので弟子を取ることは出来ません」

「そんな……どうしてもダメですか？」

中性的な顔をしており男とも女とも言えないようなエリックが瞳を潤ませてレオルドに懇願する。その目を見てレオルドも心が揺らいでしまうが、ここで許可をすれば今後も弟子が増えてしまうかもしれない。それは嫌なのでレオルドは心を鬼にして断る。

「大変心苦しいのですが、やはりお受けすることは出来ません」

「うっ……うぅ……」

（おおっとぉ!?　そこで泣かれると非常に辛いのですが！）

折角、勇気を出してレオルドに弟子入りを頼んだのに断られてしまったエリックは泣きそうになる。我慢をしているようだが、決壊寸前で今にも滝のように涙を流しそうだ。レオルドはそれを見て焦り始める。流石にこの場で泣かれるのは非常に辛いと。

今にも泣いてしまいそうなエリックを前にレオルドが焦っていると、イザークがエリックの方へ近づいた。すると、エリックの背丈に合わせるようにしゃがんで頭を撫(な)でる。

「エリック。レオルド辺境伯を困らせてはダメだよ」

「で、でも僕強くなりたくて……」

「その気持ちは立派だけど、レオルド辺境伯のことも考えてごらん。彼はゼアトの領主だから沢山仕事があって忙しいんだ。だからね、エリックばかりに時間を割くことは出来ないんだよ」

「それは……」

イザークの言うことは正しい。それがわかっているからエリックも言葉に詰まってしまう。わがままを言っている自覚はある。それでも、レオルドに指南を受けたいのだ、エリックは。理由は至極単純で英雄(レオルド)に憧れているから。

レオルドに指南を受ければ自分もいずれは英雄になれるのではないかと夢見ているのだ。そのようなことはないのだが、やはり子供ゆえに夢見がちな年頃なので仕方がないことだった。

しかし、幼いながらもエリックは王族の一人だ。イザークの言うことを理解しているので、これ以上のわがままは言えない。それに今でも剣術は自身の護衛である近衛(このえ)騎士に教えて貰っている。さらには宮廷魔道士に魔法を教えて貰っているのだ。十分環境に恵まれているのだから、それ以上は高望みであろう。

「わかりました。イザーク兄さん」

「うん。エリックがわかってくれてよかったよ」

エリックはイザークから離れて、もう一度レオルドの前に立つ。そして、頭を下げて謝罪の言葉を述べる。

「レオルド辺境伯。わがままを言ってごめんなさい」

そう言って素直に謝るエリックを見てレオルドは笑みを浮かべる。純粋で頭のいい子だとレオルドはエリックのことを評価した。

「いえ、私の方こそ殿下のお願いにお応えすることが出来ずに申し訳ありません」

「いいえ、僕の方こそレオルド辺境伯の事を考えないで申し訳ありませんでした」

「殿下……」

「でも、あの、いつか……いつか一度だけでいいですから僕に鍛錬をつけてもらえませんか？」

我慢しようとエリックは抑えていたが、やはりどうしてもレオルドに一度は指南して貰いたいようだ。

レオルドもそれがわかって微笑んでエリックに手を差し伸べる。

「いずれ必ず。約束しましょう」

「は、はい！」

弟子入りは叶わなかったが、いずれ鍛錬をつけてもらうことを約束してもらえたエリックはレオルドの手を握り大いに喜んだ。

そして、エリックはレオルドの元から離れて元の席へ帰る。

「いや～、エリックは羨ましいな。レオルド辺境伯と約束ができて」

（なんだ？　もしかして俺になにか頼みたいことでもあるのか？）

また絡んでくるカルロスにレオルドは怪訝そうに眉をひそめる。

「おいおい、そんな顔しないでくれよ。別になにか頼もうなんて思っちゃいねえよ」

「そうか？　なんか信じられんが」

「ハハッ、少ししか話してないのにえらい疑われようだな」

そう言ってカルロスはへらへらしながらレオルドと肩を組む。また勝手に肩を組まれてレオルドの表情が歪むが、耳元で囁かれた言葉に目を見開く。

「俺にも自動車の製造に一枚かませてよ」

それはレオルドにとって、いいや、ゼアトのトップシークレットだった。防衛戦の際も多脚式移動砲台はお披露目したが自動車については未だに秘匿していた。

「なんのことですか？」

「とぼけなくていいって。ネタはもう上がってるから」

「……何が目的だ？」

「なんだと思う？」

「利権でも奪う気か？」

「そんなんじゃねえよ」

「じゃあ、何が目的だ？」

「……俺専用の自動車が欲しいのよ。報告で聞いた感じ、四人乗りから五人乗りなんでしょ？　でも、俺は一人乗りか、二人乗りのカッコいいのが欲しいんだ！　で、どう？」

見た感じでは嘘をついていないように見える。レオルドは信じるべきか信じないべきかと悩んだが、そもそも自動車は完成次第、国王に報告する気でいた。

だから、レオルドは少し考えたがカルロス一人に専用車を与えても問題はないだろうと判断した。国王よりも先にというのはどうかと思ったが、カルロスならば上手いこと言い逃れをするだろうと思ってのことだった。

「わかりましたよ。でも、他に漏らしたらその時は容赦しませんからね」

「流石、話がわかる～！　勿論、口外する気はないって。お前とは敵対したくないからな！」

「はあ……約束ですからね」

「おう！　約束ね！」

ニッと笑うカルロスにレオルドはしてやられたと顔を手で覆う。考えたくはないがエリックもカルロスが仕組んだことではないかと疑ってしまう。

（流石に考えすぎか～……）

勿論、考えすぎだ。カルロスは専用の自動車を作ってもらおうと画策はしていたが、どのように切り出そうかと思案していた。たまたま、そこにエリックがレオルドへお願いをしているのを見て便乗しただけである。

それからもレオルドは王子達と話を続ける。とは言ってもカルロスと話したようなものではなく、世間話のようなものだ。

後は妹の話。シルヴィアについてどこが好きなのか色々と質問攻めに遭ったりした。

質問がなくなったのか王子達は引き揚げていく。レオルドはやっとゆっくり出来ると思ったら、今度はシルヴィアの母親で第一王妃のミリアリアがやってきた。まさかの義理母である。

（いや、いずれは話す時が来ると思ってたけど、このタイミングか～）

レオルドは少々酔っているので正常とは言えない。ただ、意識はしっかりとしているので会話は可能だ。しかし、酔って高揚しているので何を口走るかわからない。先程も王子達の質問にシルヴィアの魅力など語っている。本人が聞いたら赤面するくらいのことを。

「こうして貴方（あなた）と話すのは随分と久しぶりね、レオルド」

幼少期には何度かミリアリアと対面しているのだ。勿論、公の場でもプライベートでもだ。まあ、父親（ベルーガ）と国王（アルベリオン）の二人が友人関係なのだから、その息子や娘に交流があっても不思議ではない。

「そうですね。こうしてお話しするのは幼少期以来でしょうか」

「もう、そんなに経（た）つのね。貴方がやんちゃだった頃から」

「その節は随分とご迷惑をお掛けしました」

「いいのよ。私は別に迷惑を掛けられたわけじゃないから。ただ、オリビアから相談を受けたりしていたけれどね？」

（おう……つまり事情はすべて把握しているってことね！）

家族に対して負い目があるレオルドはミリアリアの言葉を聞いてショックを受ける。

「お恥ずかしい限りです……」

「ふふ、仕方のないことよ。誰だって過ちは犯すわ。ただ、貴方は少々やりすぎた部分はあるけどね」

ミリアリアが言っているのは元婚約者であるクラリスの事だろう。学園で出来た部下を使って元婚約者（クラリス）を襲わせた事件はレオルドにとって最大の汚点と言える。未遂ではあっても伯爵令嬢を襲った罪は到底許されるものではない。

だが、その際にジークフリートと決闘騒ぎを起こして敗北した。ある意味、そのおかげで助かったとも言えるが、やはり一番の要因は転生したことだろう。真人の人格と記憶がレオルドに混ざり込み、新たな人格が形成されたことで、今ここにいるのだから。

「まあ、貴方が秘密裏にヴァネッサ伯爵を支援していることは知っているのだけれど」

(どっから情報が漏れてんのかね!? 結構、あらゆる方面から支援して俺には辿り着かないようにしてるのに!)

やはり、王族は侮れないようだ。カルロス然り、ミリアリアもレオルドが隠していることを知っていた。王家直属の諜報員はかなり優秀なようだ。レオルドはイザベルのことを思い出して納得した。彼女は元王家直属の諜報員であるのでレオルドも重宝している。普段はメイドとして働いているが、諜報活動をさせるとかなりの成果を上げていた。

「はは、私にはそれくらいしか出来ませんから」

とりあえず笑ってこの場を乗り切ろうとするレオルド。とにかく別の話題を振ってくれないかと祈るレオルドの祈りが通じたのかミリアリアは別の話題をあげた。

「うふふ、そうね。さあ、暗い話はこれくらいにして聞きたいことがあるのだけど」

「私にお答えできることならなんでも」

「じゃあ、聞くのだけどシルヴィアのどこを好きになったの? ほら、貴方って最初はシルヴィアを狙ってたじゃない? それがモンスターパニックの後にシルヴィアと再会した時、露骨に避けてたでしょ？　なのに、どうして今回は自ら婚約を申し込んだの？」

「あ、あー……殿下の事が好きになったからですよ。確かに小さい頃は殿下に気に入られようと必死でしたけど、モンスターパニックの後に再会した時、殿下は中々に腹黒いお方だと知って避けてたんです。まあ、それからも何度かお会いしましたけど、好きにはなれませんでした」

「好きになった切っ掛けがあるのね？」

「ええ、勿論です。とはいっても自覚したのはつい最近なんですけどね。帝国で療養中に殿下が訪れた際に話をしていて自覚をしました。恐らく好きになったのはもっと前なんでしょうけど」

「そう。ふふっ、貴方の本音を聞けてよかったわ。これで実は王家に取り入るのが目的なんて言われたらどうしようかと思ったくらいよ」

「ははっ、それこそありえませんよ。王家に婿入りしても面倒なだけでしょうから」

「まあ、随分と言うのね」

「事実でしょう？」

「ふふふ、そうね。本当に貴方は成長したわ」

　ミリアリアは冷や汗をかいている。流石(さすが)に踏み込みすぎたと焦っていた。レオルドの本心を聞こうと近寄ったが、皮肉を言われてしまいミリアリアは内心ドキドキである。レオルドが王家に対して敵意を抱いたのではないかと。

残念なことにミリアリアの考えすぎである。レオルドは皮肉を言ったつもりはない。勝手にミリアリアが勘違いしているだけだ。レオルドは率直な感想を言ったまでに過ぎない。ゼアトの領主でさえ面倒なのに王族なんてもっと面倒だろうと思っての言葉だった。だから、ミリアリアが心配する必要はないのだが、それを教えてくれる人はいないのでミリアリアは勘違いしたままになる。

その後、流石に酔っ払いすぎてどんちゃん騒ぎになることはなかったが、何の思惑もない、一部ではあったが楽しい晩餐会(ばんさんかい)は終わった。

晩餐会から数日後、レオルドはシャルロットやルドルフを含めた研究チームを引き連れて王城へ来ていた。

「では、新たな結界魔法の成果をご覧頂きましょう」

レオルド達が王城へ来ていたのは新たな結界魔法の発表をするためだった。まずはどの程度のものなのかを国王に加えて重臣達に見せる。

デモンストレーションとしてレオルドが魔法でベイナードが剣で攻撃する。その二つを見事に跳ね返したのを見て国王達が驚きの声を上げた。

結界の強度を確認したので次は導入試験である。まずは一週間、様子を見る事になった。その間はシルヴィアの神聖結界は解除され、城壁に騎士と魔法使いが配置されることになった。これで万が一結界が突破されても迅速に対応する事が出来る。

そういうわけでレオルドはゼアトへ戻る事になる。問題が起きた場合は部下の研究員が対応する手はずとなっているが、研究員では対応できない場合のみレオルドが出向く事になっている。

願わくば自身の出番がないことを祈るレオルドであった。

ゼアトへ戻ったレオルドはひとまず溜まっている書類仕事を片付けていく。その後に、各商会長との面会などを済ませる。

それから、レオルドは自動車製造に励んでいるマルコの元へ向かい、進捗を尋ねた。

現段階ではまだ商品として売れるレベルではないとの事だ。

「そうか……」

「すまねえ、レオルド様。ご期待に応えられず……」

「気にするな。元より、そう簡単に出来るとは思っていない。一歩一歩着実に進んでいこう」

「ああ。わかったよ、レオルド様！」

完成形を知っていても、やはり完全に再現するのは難しい。それでも完成間近に仕上げただけ凄（すご）いと言えるだろう。マルコ達従業員を褒めるべきだ。

工場を後にしてレオルドは開発途中の街並みを見学することにした。道は出来ているが建物は未完成が多く、もう少し時間がかかりそうだった。

そして、もっともレオルドが注目しているのは元帝国領の海に面した領地である。先住民の登録はすでに完了しているのだが、港はない。港がないのには理由があって、帝国領の隅っこであるのに加えて近海には凶暴な魔物が生息しているからだ。

そのおかげで港が造れなかったようだ。しかし、レオルドは港を諦めるわけにはいかなかった。シャルロットの転移魔法でいつでも新鮮な魚を食べることは可能だが、それでは食文化の発展が進まない。出来るなら、もっと大勢の人間に新鮮な魚を食べてもらいたいと思っているレオルドは港の建設を進めることにした。

だが、ここで思わぬ反対意見が飛び出した。観光地にしてはどうかというものだ。近海に住んでいる凶暴な魔物を倒してビーチにして観光地にしようという提案があった。それを聞いてレオルドは悪くはないと思ったが、経済的には港の方がいいのではと反論した。

当然、相手も反論するので議論は続いた。領主であるレオルドに反論するなど本来なら許される事ではないが、レオルドが許可をしているので何も問題はない。ただし、真っ当な意見などのみだ。

色々と話し合った結果、港にすることが決定した。やはり、流通の要にもなるので港は重要だということで観光地計画はなくなった。しかし、今後レオルドが新たに領地を下賜されるようなことがあれば、観光地にすることが条件であった。

「よし！　港を建設するぞ！　そして、同時に造船技術者を募るぞ！」

レオルドは天才というわけではない。部下達は勘違いしているがレオルドは真人の記憶から知識を引き出しているだけに過ぎないので造船の知識など一切ない。だから、集める必要があるのだ、専門家を。

そういうわけでレオルドはシルヴィアを頼った。レオルドも人脈は広いのだが、やはりシルヴィアの方が昔から多くの貴族と対談しているだけあって広い。なのでレオルドはシルヴィアに造船技術者の当てがないかを聞いた。

「殿下！　港を建設しようと思うのですが、船がありません。なので造船技術者などの知り合いはいませんでしょうか？」

「船ですか？　そうですわね……。何人か心当たりがあるので話してみましょう」

「おお！　ありがとうございます！」

「ふふ、これくらいお安い御用ですわ」

（頼もしい～！）

頼もしい婚約者にレオルドは大喜びである。ちなみにシルヴィアもレオルドに頼ってもらえて嬉しかったりする。

シルヴィアの協力を得てレオルドは港の建設を始めていく。まずは元帝国民である領民に港の建設を始める事を説明する。海沿いに住んでいる者は一人もいなかったので特に反対されることはなかった。むしろ、流通の場が出来て市場が潤うなら大歓迎といった様子である。

それから、レオルドはゼファーを呼び寄せて森林伐採を依頼した。

「一応、言わせてもらうけど僕は傭兵だからね？」

「知ってるさ、でも、木を切るなら風魔法が一番だろ？」

「そうだけどさ……。君ってほんと不思議なことばっかりするよね」

「まあ、いいじゃないか。ちゃんと金だって払ってるんだし」

「お金を払えばなんでも許されるって訳じゃないからね？　でも、お金を貰っている以上はきっちりと仕事するよ。なにせ傭兵は信頼が仕事に繋がるからね」

「よし、その意気だ！」

ゼファーに頼んでレオルドは建築予定の港町が出来るくらいの広さを確保する為に森林を伐採してもらった。

レオルドの頭の中にはヨーロッパの有名な港町が描かれている。

今でも思い出せる、あの美しい街並みを再現しようと考えているのだ。

その為にサーシャを呼んでレオルドは頭の中に描いている街並みを説明した。サーシャはレオルドのあやふやな説明を聞いて試行錯誤しながらも見事にレオルドが思い描いた街並みに辿り着いた。

「お、おお……。まさか本当に再現するとは」

「あ、あの……まだデザインなので完成とは言えません……」

「ん、む。そうだな。しかし、さっきの説明でよくここまで再現してくれたものだ。どれくらいで出来る？」

「レオルド様に匹敵する土魔法の使い手が百人くらいいれば三ヶ月で可能かと……」

それを聞いてレオルドは思わず鼻水を噴き出しそうになった。確かにサーシャがデザインしてくれた街はレオルドが思い描いていた理想そのものだ。

しかし、それを再現するのにはとてつもない労力が必要という。流石に難しいだろう。だが、妥協したくないレオルドは土魔法の使い手を更に雇う事にした。すでに多くの土魔法の使い手がゼアトに勤務しているがレオルドと同等クラスの使い手は数える程しかいない。ならば、新たに雇えばいいのだが問題は土魔法の使い手が王国に少なくなってきていることだ。

なにせ、フリーの土魔法使いはレオルドがほとんど雇ってしまったからだ。

新たな土魔法の使い手を雇おうにも今の王国には少ないので、どうしようかとレオルドは頭を悩ませる。ゼアトの屋敷で文官達と仕事をしながら考え事をするレオルド。

そんなレオルドに一つの脅威が迫っていた。頭の中では港町について考えながら、手は書類仕事をしているレオルドに近付くのは見えざる猫を装備したシルヴィアだ。

見えざる猫は戦争の際にシルヴィアを狙った暗殺者が皇帝から貸し与えられていた古代の遺物だ。その能力は王国最強のリヒトーすら欺いた隠密能力だ。

実際、今も潜入の素人であるシルヴィアにレオルドは気がついていない。ただし、事前にシルヴィアはイザベルとシャルロットに連絡しているのでレオルドが驚きのあまり攻撃しても守ってもらえるようになっている。

しかし、忘れてはいけない。レオルドは死の運命を回避する為に日夜鍛錬に励んでいる。その中には当然、暗殺に対する術も含まれている。

そう、レオルドは書類仕事をしながらも、常に周囲を警戒するように、探査魔法を発動していた。そのため、シルヴィアが屋敷に入ってきたことに、気がついたレオルドは動かしていた手を止める。

「イザベル。今日は客が来る日だったか？」

探査魔法に引っかかったシルヴィアだが、レオルドはシルヴィアだとは気がついていない。なにせ、探査魔法でわかるのは魔力反応だけだ。つまり、まだレオルドは、シルヴィアが来たことを知らないでいた。

「いえ、今日は訪問予定はありません」

「しかし、屋敷に魔力反応が一つ増えてるぞ？」

レオルドは屋敷に勤めている使用人の数を把握している。だからこそ、シルヴィアの存在に気がついたのだ。ただし、シルヴィアだということは知らないが。

質問されたイザベルは、シルヴィアがドッキリを仕掛けようとしていることを、隠す為に嘘をついて誤魔化すことにした。

「いつもの猫じゃありませんか？」

「む？　だとしても魔力反応からして猫ではないように思えるが……」

流石にそう簡単には騙せないが、ここでシャルロットが援護する。

「もしかしたら、私の使い魔かもね～。丁度、この前、猫を使い魔にしてたのよ～」

「そうなのか？　そういうことなら、気にする必要はないか」

シャルロットの説明を聞いて、レオルドは納得したようで書類の方に集中した。それを見たイザベルはホッと胸を撫で下ろし、シャルロットに頭を下げて感謝の意を伝える。

そして、もう一人内心ドキドキしていた者がいる。シルヴィアだ。彼女は見えざる猫を使って姿を消して、レオルド達と同じ空間にいるのだが、レオルドに自身の存在がバレそうになった時、ヒヤッとした。

しかし、そこは気が利く万能メイドことイザベルと自他共に認めるお姉様の二人によって救われた。そのおかげで今、シルヴィアはレオルドの仕事ぶりを堪能する事が出来ている。

真面目に仕事をしているレオルドをシルヴィアはしばらく眺めた。今までレオルドの働いている姿を見た事がなかったので新鮮なのだ。

(真面目に働く姿も素敵ですわ)

声には出せないので心の内でつぶやくシルヴィア。やがて、レオルドは身体(からだ)のこりを解(ほぐ)すように椅子に座りながら伸びをした。シルヴィアはそれを見て今がチャンスとレオルドに近付いた。

「レ・オ・ル・ド・様」

語尾にハートマークでもついてそうな甘い囁(ささや)きに続いてレオルドの耳に息を吹きかけた。

当然、レオルドは驚くわけで小さな悲鳴を上げる。

「ンヒッ!」

しかし、先ほどの声がシルヴィアだということをはっきりと認識していた。

「殿下!? え? 殿下? あれ? え……?」

間違いなく耳に息を吹きかけたのはシルヴィアだ。だが、姿が見当たらない。レオルドは混乱しながらもキョロキョロと部屋の中を見回した。

どれだけ探してもシルヴィアの姿は見当たらない。だが、探査魔法には反応がある。レオルドはその事に気がついて、イザベルとシャルロットに質問した。

「なあ、イザベル、シャル。さっきお前らは猫が入ってきたと言っていたが、本当は違うだろう？」

もう、ほぼレオルドは確信している。先程の魔力反応はシルヴィアであると。ただ、一つわからないのは姿形が見えないことだ。シルヴィアに姿を隠すようなスキルはない。それにレオルドが知る限り、姿を消せる魔道具は帝国にしか存在しない。

そうレオルドが知る限りだ。実はシルヴィアが持っている見えざる猫は一部の者にしか知られていない。その中にレオルドは含まれていないのだ。別にレオルドを驚かせる為に秘密にされていたというわけではない。ただ単に言う必要がなかっただけのこと。

「さあ、なんのことでしょうか？」

「そうね。何言ってるのか、さっぱりわからないわ～」

「茶番はよせ。もう分かってる。流石に殿下の声を一度聞けばいることは分かる。先程の魔力反応は殿下のものだったのだろう？」

流石にこれ以上は隠し通せないだろう。シルヴィアは未だに自身の居場所を知らないレオルドの前で見えざる猫を解除した。

そして、同時にレオルドへ可愛らしく舌を出してウインクをしながら謝罪した。

「ごめんなさい、レオルド様。ちょっと、やりすぎてしまいました」

いきなり、目の前に現れたことも驚きではあるが、それ以上に、シルヴィアの貴重なテへぺろが衝撃的過ぎて、レオルドは言葉を失ってしまった。

（んぐぅっ！！！　シルヴィアのテヘぺろ。可愛すぎかよ！　こんなん好きになってまうやろ！　あ、両思いだったわ……）

怒りもなにもない。むしろ、シルヴィアの可愛過ぎる姿にレオルドはハートを打ち抜かれていた。そんな風に固まってしまったレオルドに、シルヴィアは戸惑ってしまう。

その様子を眺めていたイザベルとシャルロットは、お互いに顔を見合わせてクスリと笑っていた。

そして、一緒の部屋で仕事をしていた文官達はイチャついていないでさっさと仕事をしろと内心で文句を言っていた。

文官達がストライキを起こす事もなく、平穏に時が過ぎていく。レオルドは束の間の平穏に癒されていたが、運命の女神は許さなかったらしい。

レオルドの元に国王からの使いがやってきた。

なんでもレオルドに大事な話があるとのことらしく、レオルドはすぐに王城へ向かう事になる。

「陛下、本日はどのようなご用件でしょうか？」

「ああ、実は先日、聖教国の方から神官が訪れてな。お前とシルヴィアの婚約を祝いたいから、是非とも本国に来て欲しいと申し出があった」

（は？　ちょっと待て。なにゆえに⁉）

動揺するレオルドに国王は気がつかずに話を進める。

「勝手に断る事も出来ないので、一旦保留にしたのだが、すぐに返事が欲しいという事でお前を呼んだわけだ」

「は、はあ。なるほど。しかし、私は領主としての仕事がありますゆえ、聖教国には申し訳ないですがお断りしたいのですが……」

とりあえず、無難な事を言ってレオルドは断ろうとするが、国王は首を縦には振らなかった。

「すまないが、断る事が出来ないんだ」

（じゃあ、なんで俺に訊いたよっ！！！）

当然の疑問であった。断る事が出来ないのならば、最初からレオルドを呼ぶ必要はない。先に話を進めて、後からレオルドに説明すればいいだけのことだ。なのに、なぜレオルドを呼んだのかが分からない。

「あー、もしかして、神官絡みです？」

レオルドの言葉に国王は首を縦に振る。それを見て、レオルドはやはりかと天を仰いだ。

この世界には魔法という奇跡があるおかげで医学や科学などの発展に乏しい。だから、怪我をしたり、病気になったりすると、回復術士を頼る。

しかし、この回復術士が曲者で神官が多いのだ。回復術士は数が少ない上に、聖教国がほぼ独占している。なので、王国にも聖教国から派遣された神官という名の回復術士が多いのだ。

その為、帝国も王国も聖教国の頼みを無下にする事ができない。そんな事をすれば派遣されている貴重な回復術士を連れ戻されてしまうからだ。

（ん～、俺にはシャルがいるから平気だけど、やっぱり回復術士は少ないんだよな～）

回復術士も魔法使いの一種ではあるのだが、回復魔法は希少なのだ。運命48の場合は味方にいるので特に何も感じることはないが、現実になれば回復術士の有り難さが良く分かる。

「行ってくれるか？」

（行ってくれるかって言われても行くしかないやん！　嫌や、嫌や、嫌や、行きとうない！って駄々っ子のようにごねても無意味じゃんか！）

実質、行ってくれ宣言である国王の発言にレオルドは内心文句を垂れるが、断る事ができないので、渋々ながらも了承した。

「わかりました。このレオルド・ハーヴェスト、陛下のお望みであれば、たとえ、火の中、水の中、土の中だろうと、どこへでも行きましょう！」

完全なる皮肉である。国王もレオルドが事情を察している事を理解しているので、何も言えずに苦笑いである。

「はは……。お前は逞しいな」

「まあ、逆境からの成り上がり者ですから」

「そうだったな。すまん、シルヴィアを頼む」

「お任せを。必ず守り通してみせます」

　意図せずレオルドは聖教国へ行く事になった。運命48でも、ジークフリートが帝国との戦争が終わった後に、聖女と共に聖教国へ行く事になっているが、まさか自分も行くとは思いもしなかったことだろう。

（てか、ジークは行くのか？　行かないとしたら、イベントは起こらないんじゃね!?　それなら、平気だわ～。かる～く婚約祝いを貰ってトンボ帰りできそう。ついでに観光も出来そうだな！）

　フラグを盛り盛りだ。ワザと言っているのか、天然なのか分からないが、レオルドは心の内で不穏な発言を繰り返していた。

　というわけで、早速レオルドはシルヴィアに、今回の事を説明した。既にシルヴィアは、国王から事前に説明を受けていたので、特に質問をするようなことはなかった。

「ところで、レオルド様。従者の方は何人ほどお連れになる予定ですか？」

「え？　そうですね。とりあえず、ギルバート、イザベル、バルバロト、ジェックス、カレン、あたりですかね」

「シャルお姉さまはお連れにならないのですか？」

「いや、シャルは勝手に付いてきますから、数には含めなくてもいいでしょう」

「……それもそうですね」

シルヴィアはレオルドの言葉を聞いて納得した。確かにシャルロットなら何も言わなくても付いてくるだろうと。

そして、レオルドはシルヴィアと別れてゼアトに戻り、聖教国へ向かう事を報告する。

その報告を聞いて文官達が、どれだけの期間、聖教国に滞在するのかと必死な形相で訊いた。

「わからん」

その一言に文官達は、今こそ、この邪知暴虐な領主を倒すべきだと決意した。帝国との戦争が終わってからも激務が続いていたのに、この領主は婚約者と聖教国へ行くというのだ。許せるはずがない。いいや、許していいはずがない。

今ここで命散ることになろうとも止めねばならない。文官達は互いに顔を見合わせて頷いた。やるなら、今だと。

まあ、流石に冗談で文官達は涙を流しながらレオルドに縋りついた。

「レオルド様！　今ここで貴方に出て行かれたら、私達ではどうすることも出来ません！

まだ、沢山仕事が残っているのですから、せめてもう少しいてください！」

「お、おう。わかった、わかったから服を引っ張るのはやめてくれ」

流石にレオルドも以前のことがあるので、文官達の言葉も無視できず、一度国王と相談する事にした。再び、レオルドは王都へ戻る事になった。

王都へ戻ったレオルドは国王の元へ向かい、仕事が一段落するまで聖教国へ行くのを延ばしてもらえないかと相談する。

「ふむ……。ならば、交渉してみよう」

「ありがとうございます」

これで仕事に集中出来ると思ったが、ゼアトへ戻ってしばらくすると、国王から使者が送られてきた。どのような用件かとレオルドが聞くと、神官が会いたがっているということだった。断ってもいいのだが、王国の心象が悪くなるのは避けたい。レオルドはため息をついて、使者と一緒に王都へ戻ることにした。

レオルドは使者に連れられて、神官へ会いに行く。案内された場所には国王と宰相、それから護衛のリヒトーがいた。その正面に法衣を身にまとっている神官と神官の護衛である青と白を基調とした鎧に包まれている聖騎士がいた。

（わお……聖騎士だ。あいつら、回復魔法使えるから強いんだよな。まあ、見た感じ、この中ではリヒトーが一番だと思うけど）

　のんきなことを考えながらレオルドは、座るように促されて席につく。すると、神官がレオルドの方へ興味深そうに目を向ける。その視線に気がついたレオルドは軽く会釈した。

「初めまして、ハーヴェスト辺境伯。私はアルガベイン王国支部担当の神官、アロイスと申します。以後、お見知りおきを」

　人を安心させるような笑みを浮かべるアロイスと名乗った神官にレオルドは内心毒づいた。

（気持ち悪い笑顔だな。絶対、何か企んでるぞ！）

　初対面の人間に対して辛辣な言葉だ。まだ、挨拶をしただけだというのにアロイスの評価はレオルドの中で低いものとなった。

「こちらこそ初めまして、アロイス殿。それで本日は一体どのようなご用件で私を呼ばれたのでしょうか？」

「ええ。そちらについては既に国王陛下からお話があったと思うのですが、ハーヴェスト辺境伯と第四王女殿下が婚約されたとのことで、是非とも我が国でお祝いをと」

「ハハハ、それは大変嬉しいのですが、生憎忙しい身分でありまして、そう簡単に領地から離れることが出来ないのですよ」

「おや、それは困りましたね。教皇猊下からは是非にと仰られましたので」

（断れないやつじゃねえか！　しかも、教皇が自らって……あっ、そういえばシルヴィアは聖女候補だったんだ……。そりゃ、呼び寄せるよな！　でも、怪しさマックスで行きたくないんだが！）

しばらく考える素振りを見せてレオルドはアロイスに事情を説明した。

「アロイス殿。しばらく待ってもらえないでしょうか？　まだ領地での仕事が残っていまして、それらが片付くまでは離れることが出来ないのですよ」

「なるほど。それなら、わかりました。どれだけ待てばいいでしょうか？」

「一月ほどはいかがです？」

「ふーむ、一月は少し長いですね」

「では、三週間でどうでしょうか？」

「三週間ですか……。もう少し短くは出来ませんか？」

「そうですね……。では、二週間でどうです？」

「それくらいなら猊下もお待ちいただけるでしょう」

そういうわけでレオルドは二週間の猶予を貰った。その後、しばらく世間話をしてアロイス達が帰還して、残ったレオルドは国王達と今後について話す。

「よく説得できたな。先程の話し合いは下手をしたら外交問題になっていたかもしれんぞ」

「まあ、教皇猊下からのお誘いですからね。しかし、こちらにも立場はありますし、何よりも本来ならば向こうがこちらに出向くのが当たり前と思うのですが」

「それはそうなのだが、聖教国の影響力は無視することができん。この王国内にも多くの信者がいる上に、何よりも病気や怪我を治してくれる回復術士は聖教国からの派遣が多いからな」

「やはり、それが問題なんですよね」

「うむ。それに今は地方で疫病が流行っているのだ。今、回復術士を連れ戻されてはかなわん」

「あー、なるほど……」

疫病が流行っていることをレオルドも知ってはいたが、解決手段がないのでどうすることも出来なかった。それに、何よりもゼアトと離れた場所だからレオルドは余計にどうすることも出来なかったのだ。

(しかし、このタイミングで疫病って……聖教国のせいじゃね？)

こうもタイミングがいいと、やはり疑ってしまう。しかし、調査しても聖教国だという証拠は何もない。だから、訴えることも出来ない。

(マッチポンプで金も貰うし、交渉も有利に進めるぜ！　ヒャッハー！　てな感じかな)

坊主憎けりゃ袈裟まで憎いというが、つくづくその通りだなとレオルドは思う。レオルドの中には真人の記憶もあるので、やはり宗教に関わるものではないという結論に至った。

（餓狼の牙とゼファーに依頼して調査してもらうか？　でも、時間が足りないな。二週間は貰ったけど、聖教国で起こりそうなイベントの対策を練るくらいか……）

とりあえず、レオルドは国王達に挨拶をしてからゼアトへ帰る。ゼアトへ帰ったレオルドはまず最初に、聖教国で起こるイベントを思い出す。

（聖教国狂乱編、教皇の暴走によって邪神が復活。正確に言えば邪神の残滓のようなもので本体ではない。だが、教皇の体を乗っ取って大暴れする。しかも、強い。だけど、最後にはさらなる覚醒を果たした聖女とジークの手によって敗北。まあ、この通りなら俺いらないんだけど……）

運命48であったならレオルドの出番はない。しかし、ここは現実で、しかもレオルドは教皇からお祝いという名目で聖教国にお呼ばれしている。断ることは出来ないので、聖教国に向かうことになるのだが、しばらくの時間は稼げた。

その時間を使ってどう対策を練るかが重要になってくる。なにせ、運命48と同じなら、邪神の残滓に乗っ取られた教皇を倒せるのは聖女とジークしかいないからだ。

エピローグ

レオルドが領地改革に励み、魔王への対策に勤しんでいる頃、遠い地で闇が蠢いていた。

太陽の光さえ届かない暗い暗い谷の底で夥しい数の魔物がひしめいている。

まるで、王の命令に従うかのように魔物達は谷の底に集まっていた。

「まだ足りぬ……。人類を滅ぼすにはこの程度では足りぬ」

そう呟くのは男にも女にも見える美麗な人型をした魔物。

「魔王様。ゴブリンキング、オークキング、オーガキング、それぞれ配下を連れて参りました」

魔王。まさに王と呼べる彼、あるいは彼女と呼べる魔王は玉座に腰かけており、部下の知性ある魔物から他の魔物達が合流した事を聞いた。

「左様か……」

「かなりの数が集まりましたが、人間のいる領地を攻めますか？」

「いいや、まだだ。今の戦力では到底勝ち目はないだろう」

「すでに我が軍勢は万を超える大軍です。人間達以上に頑強な種族も多く所属しており、屈強なものになっているでしょう。恐れる事はありません」

「ダメだ。我等が力を蓄えているように人間達も力を蓄えていよう。であるならば、人間達の予想を上回る必要がある」

「畏まりました。では、もうしばらく戦力を集める方向でよろしいでしょうか？」

「うむ。それから人間達の情報収集も怠るな。特にレオルド・ハーヴェストの情報は一つも欠かす事なきよう頼むぞ」

「は！　仰せのままに」

こうして、レオルドの知らない所で魔王は着々と人類抹殺の為に力を蓄えるのであった。

あとがき

エピローグに出てきた魔王！
イラストをご覧になったと思いますが、かっちょいいですよね！
威厳たっぷりでありながらも中性的な顔立ちは良き！
毎度の事ながら星夕先生への感謝の気持ちでいっぱいです！
そして、個人的に一番見たかったプロポーズシーン！
もう感無量の極みにございます！
ここが終着点でもいいのではと思うくらいですよ！
でも、まだ続くんでもう少しだけお付き合いしていただけると嬉しいです。
今後とも『エロゲ転生』をよろしくお願いします。

名無しの権兵衛

エロゲ転生
運命に抗う金豚貴族の奮闘記 6

発　　行　2024年5月25日　初版第一刷発行

著　　者　名無しの権兵衛

発 行 者　永田勝治

発 行 所　株式会社オーバーラップ
〒141-0031　東京都品川区西五反田 8-1-5

校正・DTP　株式会社鷗来堂

印刷・製本　大日本印刷株式会社

Printed in Japan　ISBN 978-4-8240-0828-2 C0193

作品のご感想、ファンレターをお待ちしています

あて先：〒141-0031　東京都品川区西五反田 8-1-5 五反田光和ビル4階　ライトノベル編集部
「名無しの権兵衛」先生係／「星夕」先生係

PC、スマホからWEBアンケートに答えてゲット!

★この書籍で使用しているイラストの『無料壁紙』
★さらに図書カード（1000円分）を毎月10名に抽選でプレゼント!

▶https://over-lap.co.jp/824008282
二次元バーコードまたはURLより本書へのアンケートにご協力ください。
オーバーラップ文庫公式HPのトップページからもアクセスいただけます。
※スマートフォンと PC からのアクセスにのみ対応しております。
※サイトへのアクセスや登録時に発生する通信費等はご負担ください。
※中学生以下の方は保護者の方の了承を得てから回答してください。

オーバーラップ文庫公式 HP ▶ https://over-lap.co.jp/lnv/